地獄変

芥川龍之介

ハルキ文庫

JN283753

角川春樹事務所

目次

地獄変《じごくへん》

一

堀川《ほりかわ》の大殿様《おおとのさま》のような方《かた》は、これまではもとより、のちの世には恐らく二人とはいらっしゃいますまい。噂《うわさ》に聞きますと、あの方のご誕生になる前には、大威徳明王《だいいとくみようおう》*1の御姿《おんすがた》が御《おん》母君《ははぎみ》の夢枕《ゆめまくら》にお立ちになったとか申すことでございますが、とにかくお生まれつきから、並々《なみなみ》の人間とはお違いになっていたようでございます。でございますから、あの方のなさいましたことには、一つとして私《わたくし》どもの意表に出ていないものはございません。早い話が堀川のお邸《やしき》のご規模を拝見いたしましても、壮大と申しましょうか、豪放《ごうほう》と申しましょうか、とうてい私どもの凡慮《ぼんりよ》には及ばない、思い切ったところがあるようでございます。中にはまた、そこをいろいろとあげつらって大殿様のご性行を始皇帝《しこうてい》*2や煬帝《ようだい》*3に比べるものもございますが、それは諺《ことわざ》にいう群盲《ぐんもう》の象を撫《な》でるようなものでもございましょうか。あの方のお思《おぼ》し召《め》しは、決してそのようにご自分ばかり、栄耀栄華《えいようえいが》をなさろうと申すのではございません。それよりはもっと下々《しもじも》のことまでお考えになる、いわば天下と共に楽しむとでも申しそうな、大腹中《だいふくちゆう》*4のご器量がございました。

それでございますから、二条大宮《にじょうおおみや》の百鬼夜行《ひゃっきやぎょう》*5にお遇《あ》いになっても、格別お障《さわ》りがなかったのでございましょう。また陸奥《みちのく》の塩竈《しおがま》の景色《けしき》を写したので名高いあの東三条《ひがしさんじょう》の河原院《かわらのいん》に、夜《よ》な夜《よ》な現われるという噂《うわさ》のあった融《とおる》の左大臣《さだいじん》*6の霊《れい》でさえ、大殿様のお叱《しか》りを受けては、姿を消したのに相違《そうい》ございますまい。かようなご威光《いこう》でございますから、そのころ洛中《らくちゅう》の老若男女《ろうにゃくなんにょ》が、大殿様と申しますと、まるで権者《ごんじゃ》*7の再来のように尊《とうと》み合いましたも、決して無理ではございません。いつぞや、内《うち》の梅花《ばいか》の宴《えん》*8からのお帰りにお車の牛が放《はな》たれて、折から通りかかった老人に怪我《けが》をさせました時でさえ、その老人は手を合わせて、大殿様の牛にかけられたことをありがたがったと申すことでございます。

さような次第《しだい》でございますから、大殿様ご一代の間には、のちのちまでも語《かた》り草《ぐさ》になりますようなことが、ずいぶんたくさんにございました。大饗《おおみあえ》*9の引き出物に白馬《あおうま》*10ばかりを三十頭、賜《たまわ》ったこともございますし、長良《ながら》の橋の橋柱《はしばしら》*11にご寵愛《ちょうあい》の童《わらべ》を立てたこともございますし、それからまた華陀《かだ》の術《じゅつ》*12を伝えた震旦《しんたん》*13の僧に、御腿《おんもも》の瘡《もがさ》*14をお切らせになったこともございますし、——いちいち数え立てておりましては、とても際限《さいげん》がございません。が、その数多いご逸事《いつじ》の中でも、今ではお家の重宝《ちょうほう》になっております地獄変《じごくへん》の屏風《びょうぶ》*15の由来ほど、恐ろしい話はございますまい。日ごろは物にお騒《さわ》ぎにならない大殿様でさえ、あの時ばかりは、さすがにお驚きになったようでございました。ましてお側《そば》に仕《つか》えていた私どもが、魂《たましい》も消えるばかりに思ったのは、申し上げるまでもございません。中でもこの私なぞは、大殿様にも二十年来《らい》ご奉公《ほうこう》申しておりましたが、それでさえ、あのような凄《すさ》まじい見物《みもの》に出遇《であ》ったことは、ついぞまたとなかったくらいでございます。

しかし、そのお話をいたしますには、あらかじめまず、あの地獄変の屏風《びょうぶ》を描《えが》きました、良秀《よしひで》と申す画師《えし》のことを申し上げておく必要がございましょう。

二

良秀《よしひで》と申しましたら、あるいはただ今でもなお、あの男のことを覚えていらっしゃる方《かた》がございましょう。そのころ絵筆をとりましては、良秀の右に出るものは一人もあるまいと申されたくらい、高名《こうみょう》な絵師でございます。あの時のことがございました時には、かれこれもう五十の阪《さか》に、手がとどいておりましたろうか。見たところはただ、背の低い、骨と皮ばかりに痩《や》せた、意地の悪そうな老人でございました。それが大殿様《おおとのさま》のお邸《やしき》へ参ります時には、よく丁字染《ちょうじぞ》め*16の狩衣《かりぎぬ》*17に揉烏帽子《もみえぼし》*18をかけておりましたが、人がらはいたって卑《いや》しい方《かた》で、なぜか年よりらしくもなく、唇《くちびる》の目立って赤いのが、そのうえにまた気味《きみ》の悪い、いかにも獣《けもの》めいた心もちを起こさせたものでございます。中にはあれは画筆《えふで》を舐《な》めるので紅《べに》がつくのだなどと申した人もおりましたが、どういうものでございましょうか。もっともそれより口の悪い誰彼《たれかれ》は、良秀の立ち居《たちい》ふるまいが猿《さる》のようだとか申しまして、猿秀《さるひで》という諢名《あだな》までつけたことがございました。

いや猿秀と申せば、かようなお話もございます。そのころ大殿様のお邸《やしき》には、十五になる良秀の一人娘が、小女房《こにょうぼう》*19に上がっておりましたが、これはまた生みの親には似もつかない、愛嬌《あいきょう》のある娘《こ》でございました。そのうえ早く女親に別れましたせいか、思いやりの深い、年よりはませた、悧巧《りこう》な生まれつきで、年の若いのにも似ず、何かとよく気がつくものでございますから、御台様《みだいさま》*20をはじめほかの女房たちにも、可愛《かわい》がられていたようでございます。

すると何かの折に、丹波《たんば》の国から人馴《ひとな》れた猿《さる》を一匹、献上《けんじょう》したものがございまして、それにちょうど悪戯盛《いたずらさか》りの若殿様が、良秀という名をおつけになりました。ただでさえその猿の容子《ようす》が可笑《おか》しいところへ、かような名がついたのでございますから、お邸《やしき》じゅう誰《たれ》一人笑わないものはございません。それも笑うばかりならよろしゅうございますが、面白《おもしろ》半分に皆《みな》のものが、やれお庭の松に上《のぼ》ったの、やれ曹司《ぞうし》*21の畳《たたみ》をよごしたのと、そのたびごとに、良秀良秀と呼び立てては、とにかくいじめたがるのでございます。

ところがある日のこと、前に申しました良秀の娘が、お文《ふみ》を結《むす》んだ寒紅梅《かんこうばい》の枝を持って、長いお廊下を通りかかりますと、遠くの遣戸《やりど》*22の向こうから、例の小猿《こざる》の良秀が、おおかた足でも挫《くじ》いたのでございましょう、いつものように柱へ駆《か》け上《のぼ》る元気もなく、びっこを引き引き、一散《いっさん》に、逃げて参るのでございます。しかもその後《あと》からは楚《すばえ》*23をふり上げた若殿様が「柑子《こうじ》*24盗人《ぬすびと》め、待て。待て。」とおっしゃりながら、追いかけていらっしゃるのではございませんか。良秀の娘はこれを見ますと、ちょいとの間ためらったようでございますが、ちょうどその時逃げて来た猿が、袴《はかま》の裾《すそ》にすがりながら、哀《あわ》れな声を出して啼《な》き立てました――と、急に可哀《かわい》そうだと思う心が、抑《おさ》えきれなくなったのでございましょう。片手に梅《うめ》の枝をかざしたまま、片手に紫《むらさきにおい》匂の袿《うちぎ》*25の袖を軽そうにはらりと開きますと、やさしくその猿を抱き上げて、若殿様の御前《おんまえ》に小腰《こごし》をかがめながら「恐れながら畜生《ちくしょう》でございます。どうかご勘弁《かんべん》あそばしまし。」と、涼《すず》しい声で申し上げました。

が、若殿様の方は、気負《きお》って駆《か》けておいでになったところでございますから、むずかしいお顔をなすって、二、三度おみ足をお踏み鳴らしになりながら、

「なんでかばう。その猿は柑子《こうじ》盗人《ぬすびと》だぞ。」

「畜生《ちくしょう》でございますから、……」

娘はもう一度こう繰《く》り返しましたがやがて寂《さび》しそうにほほ笑《え》みますと、

「それに良秀と申しますと、父がご折檻《せっかん》を受けますようで、どうもただ見てはおられませぬ。」と、思い切ったように申すのでございます。これにはさすがの若殿様も、我《が》をお折

りになったのでございましょう。

「そうか。父親の命乞《いのちご》いなら、枉《ま》げて赦《ゆる》してとらすとしよう。」

不承無承《ふしょうぶしょう》にこうおっしゃると、楚《すばえ》をそこへお捨《す》てになって、元いらしった遣戸《やりど》の方へ、そのままお帰りになってしまいました。

三

良秀《よしひで》の娘とこの小猿《こざる》との仲がよくなったのは、それからのことでございます。娘はお姫様から頂戴《ちょうだい》した黄金《こがね》の鈴《すず》を、美しい真紅《しんく》の紐《ひも》に下げて、それを猿の頭へ懸《か》けてやりますし、猿はまたどんなことがございましても、滅多《めった》に娘の身のまわりを離《はな》れません。ある時娘の風邪《かぜ》の心地《ここち》で、床《とこ》に就《つ》きました時なども、小猿はちゃんとその枕《まくら》もとに坐《すわ》りこんで、気のせいか心細そうな顔をしながら、しきりに爪《つめ》を嚙《か》んでおりました。

こうなるとまた妙《みょう》なもので、誰も今までのようにこの小猿を、いじめるものはございません。いや、かえってだんだん可愛《かわい》がり始めて、しまいには若殿様《わかとのさま》でさえ、時々柿《かき》や栗《くり》を投げておやりになったばかりか、侍の誰やらがこの猿を足蹴《あしげ》にした時なぞは、たいそうご立腹《りっぷく》にもなったそうでございます。その後大殿様がわざわざ良秀の娘に猿を抱いて、御前《おんまえ》へ出るようとご沙汰《さた》になったのも、この若殿様のお腹立《はらだ》ちになった話を、お聞きになってからだとか申しました。そのついでに自然と娘の猿を可愛がる所由《いわれ》もお耳にはいったのでございましょう。

「孝行な奴《やつ》じゃ。褒《ほ》めてとらすぞ。」

かような御意《ぎょい》で、娘はその時、紅《くれない》の袙《あこめ》*26を御褒美《ごほうび》に頂《いただ》きました。ところがこの袙をまた見よう見真似《みまね》に、猿が恭《うやうや》しく押し頂きましたので、大殿様のご機嫌《きげん》は、ひとしおよろしかったそうでございます。でございますから、大殿様が良秀の娘をご贔屓《ひいき》になったのは、まったくこの猿を可愛《かわい》がった、孝行恩愛の情《じょう》をご賞美《しょうび》なすったので、決して世間でとやかく申しますように、色をお好《この》みになったわけではございません。もっともかような噂《うわさ》の立ちました起こりも、無理のないところがございますが、それはまたのちになって、ゆっくりお話しいたしましょう。ここではただ大殿様が、いかに美しいにしたところで、絵師風情《ふぜい》の娘などに、想《おも》いをお懸《か》けになる方《かた》ではないということを、申し上げておけば、よろしゅうございます。

さて良秀の娘は、面目《めんぼく》を施《ほどこ》して御前《おんまえ》を下がりましたが、もとより悧巧《りこう》な女でございますから、はしたないほかの女房《にょうぼう》たちの妬《ねた》みを受けるようなこともございません。かえってそれ以来、猿といっしょに何かといとしがられまして、とりわけお姫様のお側《そば》からはお離《はな》れ申したことがないといってもよろしいくらい、物見車《ものみぐるま》*27のお供《とも》にもついぞ欠けたことはございませんでした。

が、娘のことはひとまず措《お》きまして、これからまた親の良秀のことを申し上げましょう。なるほど猿のほうは、かようにまもなく、皆《みな》のものに可愛《かわい》がられるようになりましたが、肝腎《かんじん》の良秀はやはり誰にでも嫌《きら》われて、あいかわらず陰《かげ》へまわっては、猿秀呼ばわりをされておりました。しかもそれがまた、お邸《やしき》の中ばかりではございません。現に横川《よかわ》の僧都《そうず》様《さま》*28も、良秀と申しますと、魔障《ましょう》にでもお遇《あ》いになったように、顔の色を変えて、お憎《にく》みあそばしました。（もっともこれは良秀が僧都様の御行状《ごぎょうじょう》を戯画《ざれえ》に描《か》いたからだなどと申しますが、なにぶん下《しも》ざまの噂《うわさ》でございますから、確かにさようとは申されますまい。）とにかく、あの男の不評判は、どちらの方《かた》に伺《うかが》いましても、そういう調子ばかりでございます。もし悪くいわないものがあったといたしますと、それは二、三人の絵師仲間か、あるいはまた、あの男の絵を知っているだけで、あの男の人間は知らないものばかりでございましょう。

しかし実際、良秀には、見たところが卑《いや》しかったばかりでなく、もっと人に嫌《いや》がられる悪い癖《くせ》があったのでございますから、それもまったく自業自得《じごうじとく》とでもなすよりほかに、いたしかたはございません。

四

その癖《くせ》と申しますのは、吝嗇《りんしょく》で、慳貪《けんどん》*29で、恥知《はじ》らずで、怠《なま》けもので、強欲《ごうよく》で――いやその中でもとりわけ甚《はなは》しいのは、横柄《おうへい》で高慢《こうまん》で、いつも本朝《ほんちょう》第一の絵師と申すことを、鼻の先へぶら下げていることでございましょう。それも画道の上ばかりならまだしもでございますが、あの男の負け惜《お》しみになりますと、世間の習慣《ならわし》とか慣例《しきたり》とか申すようなものまで、すべて莫迦《ばか》にいたさずにはおかないのでございます。これは永年良秀《ながねんよしひで》の弟子《でし》になっていた男の話でございますが、ある日さる方《かた》のお邸《やしき》で名高い檜垣《ひがき》の巫女《みこ》に御霊《ごりょう》が憑《つ》いて、恐ろしい御託宣《ごたくせん》があった時も、あの男は空耳《そらみみ》を走らせながら、ありあわせた筆と墨《すみ》とで、その巫女の物凄《ものすご》い顔を、ていねいに写しておったとか申しました。おおかた御霊のお祟《たた》りも、あの男の眼《め》から見ましたなら、子供欺《だま》しくらいにしか思われないのでございましょう。

さような男でございますから、吉祥天《きつしょうてん》*30を描《か》く時は、卑《いや》しい傀儡《くぐつ》*31の顔を写しましたり、不《ふ》動明王《どうみょうおう》*32を描く時は、無頼《ぶらい》の放免《ほうめん》*33の姿を像《かたど》りましたり、いろいろの勿体《もったい》ない真似《まね》をいたしましたが、それでも当人を詰《なじ》りますと「良秀の描いた神仏《しんぶつ》が、その良秀に冥罰《みょうばつ》*34を当てられるとは、異《い》なことを聞くものじゃ」と空嘯《そらうそぶ》いているではございませんか。これにはさすがの弟子《でし》たちも呆《あき》れ返って、中には未来の恐ろしさに、匆々暇《そうそうひま》をとったものも、少なくなかったように見うけました。——まず一口に申しましたなら、慢業重畳《まんごうちょうじょう》とでも名づけましょうか。とにかく当時天《あめ》が下《した》で、自分ほどの偉《えら》い人間はないと思っていた男でございます。

したがって良秀がどのくらい画道でも、高く止まっておりましたかは、申し上げるまでもございますまい。もっともその絵でさえ、あの男のは筆使いでも彩色《さいしき》でも、まるでほかの絵師とは違っておりましたから、仲の悪い絵師仲間では、山師《やまし》だなどと申す評判も、だいぶあったようでございます。その連中《れんちゅう》の申しますには、川成《かわなり》*35とか金岡《かなおか》*36とか、そのほか昔の名匠《めいしょう》の筆になった物と申しますと、やれ板戸の梅《うめ》の花が、月の夜ごとに匂《にお》ったの、やれ屏風《びょうぶ》の大宮人《おおみやびと》が、笛《ふえ》を吹く音《ね》さえ聞こえたのと、優美な噂《うわさ》が立っているものでございますが、良秀の絵になりますと、いつでも必ず気味《きみ》の悪い、妙《みょう》な評判だけしか伝わりません。たとえばあの男が龍蓋寺《りゅうがいじ》の門へ描《か》きました、五趣生死《ごしゅしょうじ》*37の絵にいたしましても、夜更《よふ》けて門の下を通りますと、天人の嘆息《ためいき》をつく音や啜《すす》り泣きをする声が、聞こえたと申すことでございます。いや、中には死人の腐《くさ》って行く臭気《しゅうき》を、嗅《か》いだと申すものさえございました。それから大殿様《おおとのさま》のおいいつけで描いた、女房《にょうぼう》たちの似絵《にせえ》なども、その絵に写されただけの人間は、三年とたたないうちに、皆魂《みなたましい》の抜けたような病気になって、死んだと申すではございませんか。悪くいうものに申させますと、それが良秀の絵の邪道《じゃどう》に落ちている、何よりの証拠だそうでございます。

が、なにぶん前にも申し上げました通り、横紙破《よこがみやぶ》り*38な男でございますから、それがかえって良秀は大自慢《おおじまん》で、いつぞや大殿様がご冗談《じょうだん》に、「その方《ほう》はとかく醜《みにく》いものが好きと見える。」とおっしゃった時も、あの年に似ず赤い唇《くちびる》でにやりと気味悪《きみわる》く笑いながら、「さようでございまする。かいなでの*39絵師には総じて醜いものの美しさなどと申すことは、わかろうはずがございませぬ。」と、横柄《おうへい》にお答え申し上げました。いかに本朝《ほんちょう》第一の絵師にいたせ、よくも大殿様の御前《ごぜん》へ出て、そのような高言《こうげん》が吐けたものでございます、先刻《せんこく》引き合いに出しました弟子《でし》が、内々《ないない》師匠に「智羅永寿《ちらえいじゅ》*40」という諢名《あだな》をつけて、増長慢《ぞうちょうまん》*41を譏《そし》っておりましたが、それも無理はございません。ご承知でもございましょうが、「智羅永寿」と申しますのは、昔震旦《しんたん》から渡って参りました天狗《てんぐ》の名でございます。

しかしこの良秀にさえ——このなんともいいようのない、横道者《おうどうもの》の良秀にさえ、たった一つ人間らしい、情愛のあるところがございました。

五

と申しますのは、良秀《よしひで》が、あの一人娘の小女房《こにょうぼう》をまるで気違いのように可愛《かわい》がっていたことでございます。先刻《せんこく》申し上げました通り、娘もいたって気のやさしい、親思いの女でございましたが、あの男の子煩悩《こぼんのう》は、決してそれにも劣《おと》りますまい。なにしろ娘の着る物とか、髪飾《かみかざ》りとかのことと申しますと、どこのお寺の勧進《かんじん》にも喜捨《きしゃ》*42をしたことのないあの男が、金銭にはさらに惜《お》し気《げ》もなく、整えてやるというのでございますから、嘘《うそ》のような気がいたすではございませんか。

が、良秀の娘を可愛《かわい》がるのは、ただ可愛がるだけで、やがてよい聟《むこ》をとろうなどと申すことは、夢にも考えておりません。それどころか、あの娘へ悪くいいよるものでもございましたら、かえって辻冠者《つじかんじゃ》ばら*43でも駆《か》り集めて、暗打《やみうち》くらいは喰《くら》わせかねない量見《りょうけん》でございます。でございますから、あの娘が大殿様《おおとのさま》のお声がかりで、小女房《こにょうぼう》に上がりました時も、老爺《おやじ》の方は大不服で、当座の間は御前《ごぜん》へ出ても、苦《にが》りきってばかりおりました。大殿様が娘の美しいのにお心を惹《ひ》かされて、親の不承知なのもかまわずに、召《め》し上げたなどと申す噂《うわさ》は、おおかたかような容子《ようす》を見たものの当推量《あてずいりょう》から出たのでございましょう。

もっともその噂《うわさ》は嘘《うそ》でございましても、子煩悩《こぼんのう》の一心《いっしん》から、良秀が始終《しじゅう》娘の下がるように祈っておりましたのは確かでございます。ある時大殿様のおいいつけで、稚児文殊《ちごもんじゅ》*44を描《か》きました時も、ご寵愛《ちょうあい》の童《わらべ》の顔を写しまして、見事な出来でございましたから、大殿様も至極《しごく》ご満足で、

「褒美《ほうび》には望みの物を取らせるぞ。遠慮《えんりょ》なく望め。」というありがたい御言《おことば》が下《くだ》りました。すると良秀は畏《かしこ》まって、何を申すかと思いますと、

「なにとぞ私《わたくし》の娘をばお下げくださいまするように。」と臆面《おくめん》もなく申し上げました。ほかのお邸《やしき》ならばともかくも、堀川《ほりかわ》の大殿様のお側《そば》に仕《つか》えているのを、いかに可愛《かわい》いからと申しまして、かように無躾《ぶしつけ》にお暇《いとま》を願いますものが、どこの国におりましょう。これには大腹中《だいふくちゅう》の大殿様もいささかご機嫌《きげん》を損《そん》じたとみえまして、しばらくはただ、黙《だま》って良秀の顔を眺《なが》めておいでになりましたが、やがて、

「それはならぬ。」と吐き出すようにおっしゃると、急にそのままお立ちになってしまいました。かようなことが、前後四、五遍《へん》もございましたろうか。今になって考えてみますと、大殿様の良秀をご覧《らん》になる眼《め》は、その都度《つど》にだんだんと冷《ひや》やかになっていらしったようでございます。するとまた、それにつけても、娘の方は父親の身が案《あん》じられるせいでもございますか、曹司《ぞうし》へ下がっている時などは、よく袿《うちぎ》の袖《そで》を噛《か》んで、しくしく泣いておりました。そこで大殿様が良秀の娘に懸想《けそう》なすったなどと申す噂《うわさ》が、いよいよ拡《ひろ》がるようになったのでございましょう。中には地獄変《じごくへん》の屏風《びょうぶ》の由来も、実は娘が大殿様の御意《ぎょい》に従わなかったからだなどと申すものもおりますが、もとよりさようなことがあるはずはございません。

私どもの眼《め》から見ますと、大殿様が良秀の娘をお下げにならなかったのは、まったく娘

の身の上を哀《あわ》れに思《おぼ》し召《め》したからで、あのように頑《かたくな》な親の側《そば》へやるよりはお邸《やしき》に置いて、何の不自由なく暮《く》らさせてやろうというありがたいお考えだったようでございます。それはもとより気立ての優しいあの娘を、ご贔屓《ひいき》になったのには間違いございません。が、色をお好《この》みになったと申しますのは、恐らく牽強附会《けんきょうふかい》の説でございましょう。いや、跡方《あとかた》もない嘘《うそ》と申した方が、よろしいくらいでございます。

それはともかくもといたしまして、かように娘のことから良秀のお覚えがだいぶ悪くなって来た時でございます。どう思《おぼ》し召《め》したか、大殿様は突然良秀をお召しになって、地獄変の屏風《びょうぶ》を描《か》くようにと、おいいつけなさいました。

六

地獄変《じごくへん》の屏風《びょうぶ》と申しますと、私《わたくし》はもうあの恐ろしい画面の景色《けしき》が、ありありと眼《め》の前へ浮かんで来るような気がいたします。

同じ地獄変と申しましても、良秀《よしひで》の描《か》きましたのは、ほかの絵師のに比べますと、第一図取りから似ておりません。それは一帖《いちじょう》の屏風《びょうぶ》の片隅《かたすみ》へ、小さく十王《じゅうおう》*45をはじめ眷属《けんぞく》*46たちの姿を描いて、あとは一面に紅蓮大紅蓮《ぐれんだいぐれん》の猛火《もうか》が剣山刀樹《けんざんとうじゅ》も爛《ただ》れるかと思うほど渦《うず》を巻いておりました。でございますから、唐《から》めいた冥官《みようかん》*47たちの衣裳《いしよう》が、点々と黄や藍《あい》を綴《つづ》っておりますほかは、どこを見ても烈々《れつれつ》とした火焔《かえん》の色で、その中をまるで卍《まんじ》のように、墨《すみ》を飛ばした黒煙《くろけむり》と金粉《きんぷん》を煽《あお》った火の粉《こ》とが、舞《ま》い狂《くる》っているのでございます。

　こればかりでも、ずいぶん人の目を驚かす筆勢《ひつせい》でございますが、その上にまた、業火《ごうか》に焼かれて、転々と苦しんでおります罪人も、ほとんど一人として通例の地獄絵にあるものはございません。なぜかと申しますと良秀は、この多くの罪人の中に、上《かみ》は月卿雲客《げつけいうんかく》*48から下《しも》は乞食非人《こじきひにん》まで、あらゆる身分の人間を写して来たからでございます。束帯《そくたい》のいかめしい殿上人《てんじようびと》、五《いつ》つ衣《ぎぬ》のなまめかしい青女房《あおによう ぼう》*49、珠数《じゆず》をかけた念仏僧、高足駄《たかあしだ》を穿《は》いた侍《さむらい》学生《がくしよう》、細長《ほそなが》を着た女《め》の童《わらわ》、幣《みてぐら》をかざした陰陽師《おんみようじ》――いちいち数え立てておりましたら、とても際《さい》限《げん》はございますまい。とにかくそういういろいろの人間が、火と煙《けむり》とが逆捲《さかま》く中を、牛頭《ごず》馬頭《めず》*50の獄卒《ごくそつ》に虐《さいな》まれて、大風に吹き散らされる落葉《おちば》のように、紛々《ふんぷん》と四方八方へ逃げ迷《まよ》っているのでございます。鋼叉《さすまた》に髪をからまれて、蜘蛛《くも》よりも手足を縮《ちぢ》めている女は、神巫《かんなぎ》の類《たぐい》ででもございましょうか。手矛《てほこ》に胸を刺し通されて、蝙蝠《かわほり》のように逆《さかさま》になった男は、生受領《なまずりよう》*51か何かに相違《そうい》ございますまい。そのほかあるいは鉄《くろがね》の笞《しもと》に打たれるもの、あるいは千曳《ちびき》の磐石《ばんじやく》*52に押されるもの、あるいは怪鳥《けちよう》の嘴《くちばし》にかけられるもの、あるいはまた毒竜《どくりゆう》の顎《あぎと》に嚙《か》まれるもの――、呵責《かしやく》もまた罪人の数に応じて、幾通《いくとお》りあるかわかりません。

が、その中でも殊《こと》に一つ目立って凄《すさ》まじく見えるのは、まるで獣《けもの》の牙《きば》のような刀樹《とうじゅ》の頂《いただ》きを半《なか》ばかすめて（その刀樹の梢《こずえ》にも、多くの亡者《もうじゃ》が纍々《るいるい》と、五体を貫《つらぬ》かれておりましたが）中空《なかぞら》から落ちて来る一輛《いちりよう》の牛車《ぎっしゃ》でございましょう。地獄の風に吹き上げられた、その車の簾《すだれ》の中には、女御《にょうご》、更衣《こうい》*53にもまごうばかり、綺羅《きら》びやかに装《よそお》った女房《にょうぼう》が、丈《たけ》の黒髪を炎《ほのお》の中になびかせて、白い頸《うなじ》を反《そ》らせながら、悶《もだ》え苦しんでおりますが、その女房の姿と申し、また燃えしきっている牛車と申し、何一つとして炎熱《えんねつ》地獄*54の責苦《せめく》を偲《しの》ばせないものはございません。いわば広い画面の恐ろしさが、この一人の人物に輳《あつま》っているとでも申しましょうか。これを見るものの耳の底には、自然と物凄《ものすご》い叫喚《きょうかん》の声が伝わって来るかと疑《うたが》うほど、入神《にゅうしん》の出来映《できば》えでございました。

ああ、これでございます、これを描《か》くために、あの恐ろしい出来事が起こったのでございます。またさもなければいかに良秀でも、どうしてかように生き生きと奈落《ならく》の苦艱《くげん》が画《えが》かれましょう。あの男はこの屏風《びょうぶ》の絵を仕上げた代わりに、命さえも捨《す》てるような、無惨《むざん》な目に出遇《であ》いました。いわばこの絵の地獄は、本朝第一《ほんちょう》の絵師良秀が、自分でいつか墜《お》ちて行く地獄だったのでございます。……

私はあの珍《めずら》しい地獄変の屏風《びょうぶ》のことを申し上げますのを急いだあまりに、あるいはお話の順序を顛倒《てんとう》いたしたかもしれません。が、これからはまた引き続いて、大殿様から地獄絵を描《か》けと申す仰《おお》せを受けた良秀のことに移りましょう。

七

良秀《よしひで》はそれから五、六か月の間、まるでお邸《やしき》へも伺《うかが》わないで、屏風《びょうぶ》の絵にばかりかかっておりました。あれほどの子煩悩《こぼんのう》がいざ絵を描《か》くという段になりますと、娘の顔を見る気もなくなると申すのでございますから、不思議なものではございませんか。先刻《せんこく》申し上げました弟子《でし》の話では、なんでもあの男は仕事にとりかかりますと、まるで狐《きつね》でも憑《つ》いたようになるらしゅうございます。いや実際当時の風評に、良秀が画道で名を成《な》したのは、福徳《ふくとく》の大神《おおかみ》に祈誓《きせい》をかけたからで、その証拠にはあの男が絵を描いているところを、そっと物陰《ものかげ》から覗《のぞ》いて見ると、必ず陰々《いんいん》として霊狐《れいこ》の姿が、一匹ならず前後左右に、群《むら》がっているのが見えるなどと申す者もございました。そのくらいでございますから、いざ画筆《えふで》を取るとなると、その絵を描き上げるというよりほかは、何もかも忘れてしまうのでございましょう。昼も夜も一間《ひとま》に閉じこもったきりで、滅多《めった》に日の目も見たことはございません。――殊《こと》に地獄変《じごくへん》の屏風を描いた時には、こういう夢中《むちゅう》になり方が、甚《はなは》しかったようでございます。と申しますのはなにもあの男が、昼も蔀《しとみ》*55を下ろした部屋《へや》の中で、結灯台《ゆいとうだい》の火の下に、秘密の絵の具を合わせたり、あるいは弟子《でし》たちを、水干《すいかん》*56やら狩衣《かりぎぬ》やら、さまざまに着飾《きかざ》らせて、その姿を、一人ずつていねいに写したり、――そういうことではございません。それくらいの変わったことなら、別にあの地獄変の屏風《びょうぶ》を描《か》かなくとも、仕事にかかっている時とさえ申しますと、いつでもやりかねない男なのでございます。いや、現に龍蓋寺《りゅうがいじ》の五趣生死《ごしゅしょうじ》の図を描きました時などは、当たり前の人間なら、わざと眼《め》を外《そ》らせて行くあの往来《おうらい》の屍骸《しがい》の前へ、悠々《ゆうゆう》と腰を下ろして、半《なか》ば腐《くさ》れかかった顔や手足を、髪の毛ひとすじも違《たが》えずに、写して参ったことがございました。では、その甚《はなは》しい夢中《むちゅう》になり方とは、いったいどういうことを申すのか、さすがにおわかりにならない方《かた》もいらっしゃいましょう。それはただ今詳《くわ》しいことは申し上げている暇《ひま》もございませんが、主《おも》な話をお耳に入れますと、だいたいまずかような次第《しだい》なのでございます。

良秀の弟子《でし》の一人が（これもやはり、前に申した男でございますが）ある日絵の具を溶《と》いておりますと、急に師匠《ししょう》が参りまして、

「おれは少し午睡《ひるね》をしようと思う。がどうもこのごろは夢見《ゆめみ》が悪い。」とこう申すのでございます。別にこれは珍《めずら》しいことでもなんでもございませんから、弟子は手を休めずに、ただ、

「さようでございますか。」と一通りの挨拶《あいさつ》をいたしました。ところが、良秀は、いつに

なく寂《さび》しそうな顔をして、

「ついては、おれが午睡《ひるね》をしている間じゅう、枕《まくら》もとに坐《すわ》っていてもらいたいのだが。」

と、遠慮《えんりょ》がましく頼《たの》むではございませんか。弟子はいつになく、師匠が夢なぞを気にするのは、不思議だと思いましたが、それも別に造作《ぞうさ》のないことでございますから、

「よろしゅうございます。」と申しますと、師匠はまだ心配さうに、

「ではすぐに奥へ来てくれ。もっとも後でほかの弟子が来ても、おれの睡《ねむ》っているところへは入《い》れないように。」と、ためらいながらいいつけました。奥と申しますのは、あの男が画《え》を描《か》きます部屋《へや》で、その日も夜のように戸を立てきった中に、ぼんやりと灯《ひ》をともしながら、まだ焼筆《やきふで》*57で図取りだけしか出来ていない屏風《びょうぶ》が、ぐるりと立て廻《まわ》してあったそうでございます。さてここへ参りますと、良秀は肘《ひじ》を枕《まくら》にして、まるで疲《つか》れきった人間のように、すやすや、睡入《ねい》ってしまいましたが、ものの半時《はんとき》とたちませんうちに、枕もとにおります弟子の耳には、なんともかとも申しようのない、気味《きみ》の悪い声がはいり始めました。

八

それが始めはただ、声でございましたが、しばらくしますと、しだいに切れぎれな語《ことば》にな

って、いわば溺《おぼ》れかかった人間が水の中で呻《うな》るように、かようなことを申すのでございます。「なに、おれに来いというのだな。――どこへ――どこへ来いと？　奈落《ならく》へ来い。炎熱地《えんねつじ》獄《ごく》へ来い。――誰だ。そういう貴様《きさま》は。――貴様は誰だ――誰だと思ったら」

弟子《でし》は思わず絵の具を溶《と》く手をやめて、恐る恐る師匠《ししょう》の顔を、覗《のぞ》くようにして透《す》かして見ますと、皺《しわ》だらけな顔が白くなったうえに大粒《おおつぶ》な汗を滲《にじ》ませながら、唇《くちびる》の干《かわ》いた、歯の疎《まば》らな口を喘《あえ》ぐように大きく開けております。そうしてその口の中で、何か糸でもつけて引っ張っているかと疑《うたが》うほど、目まぐるしく動くものがあると思いますと、それがあの男の舌だったと申すではございませんか。切れぎれな語《ことば》はもとより、その舌から出て来るのでございます。

「誰だと思ったら――うん、貴様《きさま》だな。おれも貴様だろうと思っていた。なに、迎《むか》えに来たと？　だから来い。奈落《ならく》へ来い。奈落には――奈落にはおれの娘が待っている。」

その時、弟子の眼《め》には、朦朧《もうろう》とした異形《いぎょう》の影《かげ》が、屏風《びょうぶ》の面《おもて》をかすめてむらむらと下りて来るように見えたほど、気味《きみ》の悪い心もちがいたしたそうでございます。もちろん弟子はすぐに良秀《よしひで》に手をかけて、力のあらん限り揺《ゆ》り起こしましたが、師匠はなお夢現《ゆめうつつ》に独《ひと》り語《ごと》をいいつづけて、容易に眼のさめる気色《けしき》はございません。そこで弟子は思いきって、側《かたわら》にあった筆洗《ひっせん》の水を、ざぶりとあの男の顔へ浴《あ》びせかけました。

「待っているから、この車へ乗って来い――この車へ乗って、奈落《ならく》へ来い――」という語《ことば》がそれと同時に、喉《のど》をしめられるような呻《うめ》き声《ごえ》に変わったと思いますと、やっと良秀は眼《め》を開《あ》いて、針《はり》で刺されたよりも慌《あわただ》しく、やにわにそこへはね起きましたが、まだ夢の中の異類異形《いるいいぎょう》が、瞼《まぶた》の後ろを去らないのでございましょう。しばらくはただ恐ろしそうな眼つきをして、やはり大きく口を開きながら、空《くう》を見つめておりましたが、やがて我に返った容子《ようす》で、

「もういいから、あちらへ行ってくれ」と、今度《こんど》はいかにも素《そ》っ気《け》なく、いいつけるのでございます。弟子はこういう時に逆《さか》らうと、いつでも大小言《おおこごと》をいわれるので、そうそう師匠の部屋《へや》から出て参りましたが、まだ明るい外の日の光を見た時には、まるで自分が悪夢《あくむ》から覚めたような、ほっとした気がいたしたとか申しておりました。

しかしこれなぞはまだよい方なので、その後ひと月ばかりたってから、今度《こんど》はまた別の弟子が、わざわざ奥へ呼ばれますと、良秀はやはりうす暗い油火《あぶらび》の光の中で、絵筆を嚙《か》んでおりましたが、いきなり弟子の方へ向き直って、

「ご苦労だが、また裸《はだか》になってもらおうか。」と申すのでございます。これはその時までにも、どうかすると師匠がいいつけたことでございますから、弟子はさっそく衣類をぬぎすてて、赤裸《あかはだか》になりますと、あの男は妙《みょう》に顔をしかめながら、

「わしは鎖《くさり》で縛《しば》られた人間が見たいと思うのだが、気《き》の毒《どく》でもしばらくの間、わしのする通りになっていてはくれまいか。」と、そのくせ少しも気の毒らしい容子《ようす》などは見せずに、冷然とこう申しました。元来この弟子は画筆《えふで》などを握《にぎ》るよりも、太刀《たち》でも持った方がよさそうな、逞《たくま》しい若者でございましたが、これにはさすがに驚いたと見えて、あとあとまでもその時の話をいたしますと、「これは師匠が気が違って、私《わたし》を殺すのではないかと思いました」と繰《く》り返して申したそうでございます。が、良秀の方では、相手のぐずぐずしているのが、じれったくなって参ったのでございましょう。どこから出したか、細い鉄の鎖をざらざらと手繰《たぐ》りながら、ほとんど飛びつくような勢《いきお》いで、弟子の背中へ乗りかかりますと、否応《いやおう》なしにそのまま両腕を捻《ね》じあげて、ぐるぐる巻きにいたしてしまいました。そうしてまたその鎖の端《はし》を邪慳《じゃけん》にぐいと引きましたからたまりません。弟子の体ははずみを食って、勢いよく床《ゆか》を鳴らしながら、ごろりとそこへ横倒《よこだお》しに倒れてしまったのでございます。

九

その時の弟子《でし》の恰好《かっこう》は、まるで酒甕《さかがめ》を転《ころ》がしたようだとでも申しましょうか。なにしろ手も足も惨《むご》たらしく折り曲げられておりますから、動くのはただ首ばかりでございます。

そこへ肥《ふと》った体じゅうの血が、鎖《くさり》に循環《めぐり》を止められたので、顔といわず胴といわず、一面に皮膚《ひふ》の色が赤みばしって参るではございませんか。が、良秀《よしひで》にはそれも格別気にならないと見えまして、その酒甕のような体のまわりを、あちこちと廻《まわ》って眺《なが》めながら、同じような写真の図を何枚となく描《か》いております。その間、縛《しば》られている弟子の身が、どのくらい苦しかったかということは、なにもわざわざ取り立てて申し上げるまでもございますまい。

が、もし何事も起こらなかったといたしましたら、この苦しみは恐らくまだそのうえにも、つづけられたことでございましょう。幸《さいわ》い（と申しますより、あるいは不幸にと申した方がよろしいかもしれません。）しばらくいたしますと、部屋《へや》の隅《すみ》にある壺《つぼ》の蔭《かげ》から、まるで黒い油のようなものが、ひとすじ細くうねりながら、流れ出して参りました。それが始めのうちはよほど粘《ねば》り気《け》のあるもののように、ゆっくり動いておりましたが、だんだん滑《なめ》らかに辷《すべ》り始めて、やがてちらちら光りながら、鼻の先まで流れ着いたのを眺《なが》めますと、弟子は思わず、息を引いて、

「蛇《へび》が——蛇が。」と喚《わめ》きました。その時はまったく体じゅうの血が一時に凍《こお》るかと思ったと申しますが、それも無理はございません。蛇は実際もう少しで、鎖《くさり》の食いこんでいる、頸《くび》の肉へその冷《つめ》たい舌の先を触《ふ》れようとしていたのでございます。この思いもよらない出来事には、いくら横道《おうどう》な良秀でも、ぎょっといたしたのでございましょう。慌《あわ》てて画筆《えふで》を

投げ棄《す》てながら、とっさに身をかがめたと思うと、素早《すばや》く蛇の尾をつかまえて、ぶらりと逆《さかさま》に吊《つ》り下げました。蛇は吊り下げられながらも、頭を上げて、きりきりと自分の体へ巻きつきましたが、どうしてもあの男の手のところまではとどきません。

「おのれ故《ゆえ》に、あったら一筆《ひとふで》を仕損《しそん》じたぞ。」

良秀は忌々《いまいま》しそうにこう呟《つぶや》くと、蛇はそのまま部屋《へや》の隅《すみ》の壺《つぼ》の中へ抛《ほう》りこんで、それからさも不承無承《ふしょうぶしょう》に、弟子の体へかかっている鎖《くさり》を解いてくれました。それもただ解いてくれたというだけで、肝腎《かんじん》の弟子の方へは、優しい言葉一つかけてはやりません。おおかた弟子が蛇《へび》に嚙《か》まれるよりも、写真の一筆《ひとふで》を誤《あやま》ったのが、業腹《ごうはら》だったのでございましょう。——後で聞きますと、この蛇もやはり姿を写すためにわざわざあの男が飼《か》っていたのだそうでございます。

これだけのことをお聞きになったのでも、良秀の気違いじみた、薄気味《うすきみ》の悪い夢中《むちゅう》になり方が、ほぼおわかりになったことでございましょう。ところが最後に一つ、今度《こんど》はまだ十三、四の弟子が、やはり地獄変《じごくへん》の屛風《びょうぶ》のおかげで、いわば命にも関《かか》わりかねない、恐ろしい目に出遇《であ》いました。その弟子は生まれつき色の白い女のような男でございましたが、ある夜のこと、なにげなく師匠《ししょう》の部屋《へや》へ呼ばれて参りますと、良秀は灯台《とうだい》の火の下で掌《てのひら》に何やら腥《なまぐさ》い肉をのせながら、見慣《みな》れない一羽の鳥を養《やしな》っているのでございます。大きさはまず、世の常《つね》の猫ほどもございましょうか。そういえば、耳のように両方へつき出た羽毛といい、琥珀《こはく》のような色をした、大きな円《まる》い眼《まなこ》といい、見たところもなんとなく猫に似ておりました。

十

元来良秀《よしひで》という男は、なんでも自分のしていることに嘴《くちばし》を入れられるのが大嫌《だいきら》いで、先刻《せんこく》申し上げた蛇《へび》などもそうでございますが、自分の部屋《へや》の中に何があるか、いっさいそういうことは弟子《でし》たちにも知らせたことがございません。でございますから、ある時は机の上に髑髏《されこうべ》がのっていたり、ある時はまた、銀《しろがね》の椀《まり》や蒔絵《まきえ》の高坏《たかつき》*58が並んでいたり、その時描《か》いている画《え》しだいで、ずいぶん思いもよらない物が出ておりました。が、ふだんはかような品を、いったいどこにしまっておくのか、それはまた誰にもわからなかったそうでございます。あの男が福徳《ふくとく》の大神《おおかみ》の冥助《みょうじょ》*59を受けているなどと申す噂《うわさ》も、一つは確かにそういうことが起こりになっていたのでございましょう。

そこで弟子は、机の上のその異様《いよう》な鳥も、やはり地獄変《じごくへん》の屏風《びょうぶ》を描《か》くのに入用なのに違いないと、こう独《ひと》り考えながら、師匠《ししょう》の前へ畏《かしこ》まって、「何かご用でございますか」と、

うやうやしく申しますと、良秀はまるでそれが聞こえないように、あの赤い唇《くちびる》へ舌なめずりをして、

「どうだ。よく馴《な》れているではないか。」と、鳥の方へ頤《あご》をやります。

「これは何というものでございましょう。私はついぞまだ、見たことがございませんが。」

弟子はこう申しながら、この耳のある、猫のような鳥を、気味悪《きみわる》そうにじろじろ眺《なが》めますと、良秀はあいかわらずいつもの嘲笑《あざわら》うような調子で、

「なに、見たことがない？　都育《みやこ》ちの人間はそれだから困《こま》る。これは二、三日前に鞍馬《くらま》の猟《りょう》師《し》がわしにくれた耳木兎《みみずく》という鳥だ。ただ、こんなに馴《な》れているのは、たくさんあるまい。」

こういいながらあの男は、おもむろに手をあげて、ちょうど餌《え》を食べてしまった耳木兎《みみずく》の背中の毛を、そっと下から撫《な》で上げました。するとその途端《とたん》でございます。鳥は急に鋭《するど》い声で、短く一声啼《ひとこえな》いたと思うと、たちまち机の上から飛び上がって、両脚《りょうあし》の爪《つめ》を張りながら、いきなり弟子の顔へとびかかりました。もしその時、弟子が袖《そで》をかざして、慌《あわ》てて顔を隠《かく》さなかったなら、きっともう疵《きず》の一つや二つは負わされておりましたろう。あっといいながら、その袖を振って、逐《お》い払おうとするところを、耳木兎は蓋《かさ》にかかって、嘴《くちばし》を鳴らしながら、また一突《ひとつ》き――弟子は師匠の前も忘れて、立っては防《ふせ》ぎ、坐《すわ》っては逐い、思わず狭《せま》い部屋《へや》の中を、あちらこちらと逃げ惑《まど》いました。怪鳥《けちょう》ももとよりそれにつれて、

高く低く翔《かけ》りながら、隙《すき》さえあれば驀地《まつしぐら》に眼《め》を目がけて飛んで来ます。そのたびにばさばさと、凄《すさ》まじく翼《つばさ》を鳴らすのが、落葉《おちば》の匂《にお》いだか、滝《たき》の水沫《しぶき》ともあるいはまた猿酒《さるざけ》*60の饐《す》えたいきれだか何やら怪《あや》しげなもののけはいを誘《さそ》って、気味《きみ》の悪さといったらございません。そういえばその弟子も、うす暗い油火《あぶらび》の光さえ朧《おぼろ》げな月明かりかと思われて、師匠の部屋がそのまま遠い山奥の、妖気《ようき》に閉ざされた谷のような、心細い気がしたとか申したそうでございます。

しかし弟子が恐ろしかったのは、なにも耳木兎《みみずく》に襲《おそ》われるという、そのことばかりではございません。いや、それよりもいっそう身の毛がよだったのは、師匠の良秀がその騒《さわ》ぎを冷然と眺《なが》めながら、おもむろに紙を展《の》べ筆を舐《ねぶ》って、女のような少年が異形《いぎょう》な鳥に虐《さいな》まれる、物凄《ものすご》い有様《ありさま》を写していたことでございます。弟子は一目それを見ますと、たちまちいいようのない恐ろしさに脅《おびや》かされて、実際一時は師匠のために、殺されるのではないかとさえ、思ったと申しておりました。

十一

実際師匠《ししょう》に殺されるということも、まったくないとは申されません。現にその晩わざわざ弟子《でし》を呼びよせたのでさえ、実は耳木兎《みみずく》をけしかけて、弟子の逃げまわる有様《ありさま》を写そうという魂胆《こんたん》らしかったのでございます。でございますから、弟子は、師匠の容子《ようす》を一目見るが早いか、思わず両袖《りょうそで》に頭を隠《かく》しながら、自分にもなんといったかわからないような悲鳴をあげて、そのまま部屋《へや》の隅《すみ》の遣戸《やりど》の裾《すそ》へ、居《い》すくまってしまいました。とその拍子《ひょうし》に、良秀も何やら慌《あわ》てたような声をあげて、立ち上がった気色《けしき》でございましたが、たちまち耳木兎の羽音がいっそう前よりもはげしくなって、物の倒《たお》れる音や破《やぶ》れる音が、けたたましく聞こえるではございませんか。これには弟子も二度、度を失って、思わず隠していた頭を上げて見ますと、部屋の中はいつかまっ暗になっていて、師匠の弟子たちを呼び立てる声が、その中で苛立《いらだ》たしそうにしております。

やがて弟子の一人が、遠くの方で返事をして、それから灯《ひ》をかざしながら、急いでやって参りましたが、その煤臭《すすくさ》い明かりで眺《なが》めますと、結灯台《ゆいとうだい》が倒《たお》れたので、床《ゆか》も畳《たたみ》も一面に油だらけになったところへ、さっきの耳木兎《みみずく》が片方の翼《つばさ》ばかり、苦しそうにはためかしながら、転《ころ》げまわっているのでございます。良秀《よしひで》は机の向こうで半《なか》ば体を起こしたまま、さすがに呆気《あっけ》にとられたような顔をして、何やら人にはわからないことを、ぶつぶつ呟《つぶや》いておりました。――それも無理ではございません。あの耳木兎の体には、まっ黒な蛇《へび》が一匹、頸《くび》から片方の翼へかけて、きりきりと捲《ま》きついているのでございます。おおかたこれは弟子が居《い》すくまる拍子《ひょうし》に、そこにあった壺《つぼ》をひっくり返して、その中の蛇が這《は》い出したのを、耳木兎がなまじいに摑《つか》みかかろうとしたばかりに、とうとうこういう大騒《おおさわ》ぎが始まったのでございましょう。二人の弟子は互いに眼《め》と眼とを見合わせて、しばらくはただ、この不思議な光景をぼんやり眺めておりましたが、やがて師匠に黙礼《もくれい》をして、こそこそ部屋《へや》へ引き下がってしまいました。蛇と耳木兎とがその後どうなったか、それは誰も知っているものはございません。——

こういう類《たぐい》のことは、そのほかまだ、いくつとなくございました。前には申し落としましたが、地獄変《じごくへん》の屛風《びょうぶ》を描《か》けというご沙汰《さた》があったのは、秋の初めでございますから、それ以来冬の末《すえ》まで、良秀の弟子たちは、絶えず師匠の怪《あや》しげなふるまいに脅《おびや》かされていたわけでございます。が、その冬の末に良秀は何か屛風の画《え》で、自由にならないことが出来たのでございましょう、それまでよりは、いっそう容子《ようす》も陰気《いんき》になり、ものいいも目に見えて、荒々《あらあら》しくなって参りました。と同時にまた屛風の画も、下画《したえ》が八分《ぶ》通り出来上がったまま、さらにはかどる模様《もよう》はございません。いや、どうかすると今までに描いたところさえ、塗《ぬ》り消してもしまいかねない気色《けしき》なのでございます。

そのくせ、屛風《びょうぶ》の何が自由にならないのだか、それは誰にもわかりません。また、誰もわかろうとしたものもございますまい。前のいろいろな出来事に懲《こ》りている弟子たちは、まるで虎狼《とらおおかみ》と一つ檻《おり》にでもいるような心もちで、その後師匠の身のまわりへは、なるべく近づかない算段をしておりましたから。

十二

したがってその間のことについては、別に取り立てて申し上げるほどのお話もございません。もし強《し》いて申し上げるといたしましたら、それはあの強情《ごうじょう》な老爺《おやじ》が、なぜか妙《みょう》に涙《なみだ》脆《もろ》くなって、人のいない所では時々独《ひと》りで泣いていたというお話くらいなものでございましょう。殊《こと》にある日、何かの用で弟子《でし》の一人が、庭先《にわさき》へ参りました時なぞは廊下《ろうか》に立ってぼんやり春の近い空を眺《なが》めている師匠《ししょう》の眼《め》が、涙でいっぱいになっていたそうでございます。弟子はそれを見ますと、かえってこちらが恥ずかしいような気がしたので、黙《だま》ってそこそこ引き返したと申すことでございますが、五趣生死《ごしゅしょうじ》の図を描《か》くためには、道ばたの屍《し》骸《がい》さえ写したという、傲慢《ごうまん》なあの男が、屏風《びょうぶ》の画《え》が思うように描けないくらいのことで、子供らしく泣き出すなどと申すのは、ずいぶん異《い》なものでございませんか。

ところが一方良秀《よしひで》がこのように、まるで正気《しょうき》の人間とは思われないほど夢中《むちゅう》になって、屏風《びょうぶ》の絵を描《か》いておりますうちに、また一方ではあの娘が、なぜかだんだん気鬱《きうつ》になって、私《わたくし》どもにさえ涙を堪《こら》えている容子《ようす》が、眼《め》に立って参りました。それが元来愁顔《うれいがお》の、色の白い、つつましやかな女だけに、こうなるとなんだか睫毛《まつげ》が重くなって、眼のまわりに隈《くま》がかかったような、よけい寂《さび》しい気がいたすのでございます。初めはやれ父思いのせいだの、やれ恋煩《こいわずら》いをしているからだの、いろいろ臆測《おくそく》をいたしたものがございますが、中ごろから、なにあれは大殿様《おおとのさま》が御意《ぎょい》に従わせようとしていらっしゃるのだという評判が立ち始めて、それからは誰も忘れたように、ぱったりあの娘の噂《うわさ》をしなくなってしまいました。

ちょうどそのころのことでございましょう。ある夜、更《こう》が闌《た》けて*61から、私が独《ひと》りお廊下《ろうか》を通りかかりますと、あの猿《さる》の良秀がいきなりどこからか飛んで参りまして、私の袴《はかま》の裾《すそ》をしきりにひっぱるのでございます、確か、もう梅《うめ》の匂《にお》いでもいたしそうな、うすい月の光のさしている、暖かい夜でございましたが、その明かりですかして見ますと、猿はまっ白な歯をむき出しながら、鼻の先へ皺《しわ》をよせて、気が違わないばかりにけたたましく啼《な》き立てているではございませんか。私は気味《きみ》の悪いのが三分《ぶ》と、新しい袴をひっぱられる腹立たしさが七分とで、最初は猿を蹴放《けはな》して、そのまま通りすぎようかとも思いましたが、また思い返してみますと、前にこの猿を折檻《せっかん》して、若殿様のご不興《ふきょう》を受けた侍の例もございます。それに猿のふるまいが、どうもただごととは思われません。そこでとうとう私も思いきって、そのひっぱる方へ五、六間《けん》*62歩くともなく歩いて参りました。

するとお廊下《ろうか》が一曲《ひとま》がり曲がって、夜目《よめ》にもうす白いお池の水が枝ぶりのやさしい松の向こうにひろびろと見渡せる、ちょうどそこまで参った時のことでございます。どこか近くの部屋《へや》の中で人の争っているらしいけはいが、慌《あわただ》しく、また妙《みょう》にひっそりと私の耳を脅《おびや》かしました。あたりはどこも森《しん》と静まり返って、月明かりとも靄《もや》ともつかないものの中で、魚の跳《おど》る音がするほかは、話し声一つ聞こえません。そこへこの物音でございますから。私は思わず立ち止まって、もし狼藉者《ろうぜきもの》でもあったなら、目にもの見せてくれようと、そっとその遣戸《やりど》の外へ、息をひそめながら身をよせました。

十三

ところが猿《さる》は私《わたくし》のやり方がまだるかったのでございましょう。良秀《よしひで》はさもさももどかしそうに、二、三度私の足のまわりを駈《か》けまわったと思いますと、まるで咽《のど》を絞《し》められたような声で啼《な》きながら、いきなり私の肩のあたりへ一足《いっそくと》飛びに飛び上がりました。私は思わず頸《うなじ》を反《そ》らせて、その爪《つめ》にかけられまいとする、猿はまた水干《すいかん》の袖《そで》にかじりついて、私の体から辷《すべ》り落ちまいとする、――その拍子《ひょうし》に、私はわれ知らず二足三足よろめいて、その遣戸《やりど》へ後ろざまに、したたか私の体を打ちつけました。こうなってはもう一刻《いっこく》も躊躇《ちゅうちょ》している場合ではございません。私はやにわに遣戸を開《あ》け放《はな》して、月明かりのとどかない奥の方へ跳《おど》りこもうといたしました。が、その時私の眼《め》を遮《さえぎ》ったものは――いや、それよりももっと私は、同時にその部屋《へや》の中から、弾《はじ》かれたように駈け出そうとした女のほうに驚かされました。女は出合《であ》い頭《がしら》に危《あや》うく私に衝《つ》き当たろうとして、そのまま外へ転《ころ》び出ましたが、なぜかそこへ膝《ひざ》をついて、息を切らしながら私の顔を、何か恐ろしいものでも見るように、戦《おのの》き戦き見上げているのでございます。

それが良秀の娘だったことは、なにもわざわざ申し上げるまでもございますまい。が、その晩のあの女は、まるで人間が違ったように、生き生きと私の眼《め》に映《うつ》りました。眼は大きくかがやいております。頬《ほお》も赤く燃えておりましたろう。そこへしどけなく乱《みだ》れた袴《はかま》や袿《うちぎ》が、いつもの幼さとは打って変わった艶《なまめか》しささえも添《そ》えております。これが実際あの弱々しい、何事にも控《ひか》えめがちな良秀の娘でございましょうか。――私は遣戸《やりど》に身を支《ささ》えて、この月明かりの中にいる美しい娘の姿を眺《なが》めながら、慌《あわただ》しく遠のいて行くもう一人の足音を、指させるもののように指さして、誰ですと静かに眼で尋《たず》ねました。

すると娘は唇《くちびる》を嚙《か》みながら、黙《だま》って首をふりました。その容子《ようす》がいかにもまた、口惜《くや》しそうなのでございます。

そこで私は身をかがめながら、娘の耳へ口をつけるようにして、今度《こんど》は「誰です」と小声で尋《たず》ねました。が、娘はやはり首を振ったばかりで、何とも返事をいたしません。いや、それと同時に長い睫毛《まつげ》の先へ、涙をいっぱいためながら、前よりも緊《かた》く唇《くちびる》を噛《か》みしめているのでございます。

性得《しょうとく》＊63愚《おろ》かな私には、分かりすぎているほど分かっていることのほかは、あいにく何一つ呑《の》みこめません。でございますから、私は言《ことば》のかけようも知らないで、しばらくはただ、娘の胸の動悸《どうき》に耳を澄《す》ませるような心もちで、じっとそこに立ちすくんでおりました。もっともこれは一つには、なぜかこのうえ問い訊《ただ》すのが悪いような、気咎《きとが》めがいたしたからでもございます。――

それがどのくらい続いたか、わかりません。が、やがて開《あ》け放《はな》した遣戸《やりど》を閉ざしながら少しは上気《じょうき》の褪《さ》めたらしい娘の方を見返って、「もう曹司《ぞうし》へお帰りなさい」と出来るだけやさしく申しました。そうして私も自分ながら、何か見てはならないものを見たような、不安な心もちに脅《おびや》かされて、誰にともなく恥ずかしい思いをしながら、そっと元来た方へ歩き出しました。ところが十歩と歩かないうちに、誰かまた私の袴《はかま》の裾《すそ》を、後ろから恐る恐る、引き止めるではございませんか。私は驚いて、振り向きました。あなたがたはそれが何だったと思《おぼ》し召《め》します？

見るとそれは私の足もとにあの猿の良秀が、人間のように両手をついて、黄金《こがね》の鈴《すず》を鳴らしながら、何度となくていねいに頭を下げているのでございました。

十四

するとその晩の出来事があってから、半月ばかりのちのことでございます。ある日良秀《よしひで》は突然お邸《やしき》へ参りまして、大殿様《おおとのさま》へ直《じき》のお眼通《めどお》りを願いました。卑《いや》しい身分のものでございますが、日ごろから格別御意《ぎょい》に入《い》っていたからでございましょう。誰にでも容易にお会いになったことのない大殿様が、その日も快《こころよ》くご承知になって、さっそく御前《ごぜん》近くへお召《め》しになりました。あの男は例の通り、香染《こうぞ》めの狩衣《かりぎぬ》に萎《な》えた烏帽子《えぼし》をいただいて、いつもよりはいっそう気むずかしそうな顔をしながら、うやうやしく御前へ平伏《へいふく》いたしましたが、やがて嗄《しわが》れた声で申しますには、

「かねがねおいいつけになりました地獄変《じごくへん》の屏風《びょうぶ》でございますが、私《わたくし》も日夜《にちや》に丹誠《たんせい》を抽《ぬき》んでて、筆を執《と》りました甲斐《かい》が見えまして、もはやあらましは出来上がったのも同前でございまする。」

「それはめでたい。予《よ》も満足じゃ。」

しかしこうおっしゃる大殿様のお声には、なぜか妙《みょう》に力のない、張り合いのぬけたとこ

ろがございました。

「いえ、それがいっこうめでたくはござりませぬ。」良秀は、やや腹立たしそうな容子《ようす》で、じっと眼《め》を伏《ふ》せながら、「あらましは出来上がりましたが、ただ一つ、今もって私には描《か》けぬところがございまする。」

「なに、描《か》けぬところがある？」

「さようでございまする。私は総じて、見たものでなければ描《か》けませぬ。よし描けても、得心《とくしん》が参りませぬ。それでは描けぬも同じことでございませぬか。」

これをお聞きになると、大殿様のお顔には、嘲《あざけ》るようなご微笑《びしょう》が浮かびました。

「では地獄変の屛風《びょうぶ》を描《か》こうとすれば、地獄を見なければなるまいな。」

「さようでござります。が、私は先年大火事がございました時に、炎熱《えんねつ》地獄の猛火《もうか》にもまがう火の手を、眼《ま》のあたりに眺《なが》めました。『よじり不動《ふどう》』*64の火焔《かえん》を描《か》きましたのも、実はあの火事に遇《あ》ったからでございまする。御前《ごぜん》もあの絵はご承知でございましょう。」

「しかし罪人はどうじゃ。獄卒《ごくそつ》は見たことがあるまいな。」大殿様はまるで良秀の申すことがお耳にはいらなかったようなご容子《ようす》で、こう畳《たた》みかけてお尋《たず》ねになりました。

「私は鉄《くろがね》の鎖《くさり》に縛《いまし》められたものを見たことがございまする。怪鳥《けちょう》に悩《なや》まされるものの姿も、つぶさに写しとりました。されば罪人の呵責《かしゃく》に苦しむ様《さま》も知らぬと申されませぬ。また獄《ごく》卒《そっ》は――」といって、良秀は気味《きみ》の悪い苦笑《くしょう》を洩《も》らしながら、「また獄卒は、夢現《ゆめうつつ》に何度となく、私の眼《め》に映《うつ》りました。あるいは牛頭《ごず》、あるいは馬頭《めず》、あるいは三面六臂《さんめんろっぴ》*65の鬼の形が、音のせぬ手を拍《たた》き、声の出ぬ口を開《ひら》いて、私を虐《さいな》みに参りますのは、ほとんど毎日毎夜のことと申してもよろしゅうございましょう。――私の描《か》こうとして描けぬのは、そのようなものではございませぬ。」

それには大殿様も、さすがにお驚きになったでございましょう。しばらくはただ苛立《いらだ》たしそうに、良秀の顔を睨《にら》めておいでになりましたが、やがて眉《まゆ》を険《けわ》しくお動かしになりながら、

「では何が描《か》けぬと申すのじゃ。」と打捨《うっちゃ》るようにおっしゃいました。

十五

「私《わたくし》は屏風《びょうぶ》のただ中に、檳榔毛《びろうげ》*66の車が一輛《いちりょう》空から落ちて来るところを描《か》こうと思っておりまする。」良秀《よしひで》はこういって、はじめて鋭《するど》く大殿様《おおとのさま》のお顔を眺《なが》めました。あの男は画《え》のことというと、気違い同様になるとは聞いておりましたが、その時の眼《め》のくばりには確かにさような恐ろしさがあったようでございます。

「その車の中には、一人のあでやかな上臈《じようろう》*67が、猛火《もうか》の中に黒髪を乱《みだ》しながら、悶《もだ》え苦しんでいるのでございまする。顔は煙《けむり》に咽《むせ》びながら、眉《まゆ》を顰《ひそ》めて、空ざまに車蓋《やかた》を仰《あお》いでおりましょう。手は下簾《したすだれ》を引きちぎって、降りかかる火の粉《こ》の雨を防《ふせ》ごうとしているかもしれませぬ。そうしてそのまわりには、怪《あや》しげな鷙鳥《しちよう》*68が十羽となく、二十羽となく、嘴《くちばし》を鳴らして紛々《ふんぷん》と飛び繞《めぐ》っているのでございまする。――ああ、それが、その牛車《ぎつしや》の中の上臈が、どうしても私には描《か》けませぬ。」

「そうして――どうじゃ。」

大殿様はどういうわけか、妙《みよう》に悦《よろこ》ばしそうな御気色《みけしき》で、こう良秀をお促《うなが》しになりました。が、良秀は例の赤い唇《くちびる》を熱でも出た時のように震《ふる》わせながら、夢を見ているのかと思う調子で、

「それが私には描《か》けませぬ。」と、もう一度繰《く》り返しましたが、突然噛《か》みつくような勢《いきお》いになって、

「どうか檳榔毛《びろうげ》の車を一輛《いちりよう》、私の見ている前で、火をかけていただきとうございまする。そうしてもし出来まするならば――」

大殿様はお顔を暗くなすったと思うと、突然けたたましくお笑いになりました。そうしてそのお笑い声に息をつまらせながら、おっしゃいますには、

「おお、万事《ばんじ》その方《ほう》が申す通りにいたしてつかわそう。出来る出来ぬの詮議《せんぎ》は無益《むやく》の沙汰《さた》じゃ。」

私はそのお言《ことば》を伺《うかが》いますと、虫の知らせか、なんとなく凄《すさ》まじい気がいたしました。実際また大殿様のご容子《ようす》も、お口の端《はし》には白く泡《あわ》がたまっておりますし、御眉《おんまゆ》のあたりにはびくびくと電《いなずま》が走っておりますし、まるで良秀のもの狂《ぐる》いにお染《そ》みなすったのかと思うほど、ただならなかったのでございます。それがちょいと言《ことば》をお切りになると、すぐまた何かが爆《は》ぜたような勢《いきお》いで、とめどなく喉《のど》を鳴らしてお笑いになりながら、

「檳榔毛《びろうげ》の車にも火をかけよう。またその中にはあでやかな女を一人、上臈《じょうろう》の装《よそお》いをさせて乗せてつかわそう。炎《ほのお》と黒煙《くろけむり》とに攻《せ》められて、車の中の女が、悶《もだ》え死《じ》にをする——それを描《か》こうと思いついたのは、さすがに天下第一の絵師じゃ。褒《ほ》めてとらす。おお、褒めてとらすぞ。」

大殿様のお言葉を聞きますと、良秀は急に色を失って喘《あえ》ぐようにただ、脣《くちびる》ばかり動かしておりましたが、やがて体じゅうの筋が緩《ゆる》んだように、べたりと畳《たたみ》へ両手をつくと、

「ありがたい仕合《しあわ》せでございまする。」と、聞こえるか聞こえないかわからないほど低い声で、ていねいにお礼を申し上げました。これはおおかた自分の考えていたもくろみの恐ろしさが、大殿様のお言葉につれてありありと目の前へ浮かんで来たからでございましょ

うか。私は一生のうちにただ一度、この時だけは良秀が、気《き》の毒《どく》な人間に思われました。

十六

それから二、三日した夜のことでございます。大殿様《おおとのさま》はお約束通り、良秀《よしひで》をお召《め》しになって、檳榔毛《びろうげ》の車の焼けるところを、目近《まぢか》く見せておやりになりました。もっともこれは堀川《ほりかわ》のお邸《やしき》であったことではございません。俗に雪解《ゆきげ》の御所《ごしょ》という、昔大殿様の妹君《いもうとぎみ》がいらしった洛外《らくがい》の山荘で、お焼きになったのでございます。

この雪解《ゆきげ》の御所《ごしょ》と申しますのは、久しくどなたもお住まいにはならなかった所で、広いお庭も荒《あ》れ放題《ほうだい》荒れ果てておりましたが、おおかたこの人気《ひとけ》のないご容子《ようす》を拝見した者の当推量《あてずいりょう》でございましょう。ここでお歿《な》くなりになった妹君の御身《おんみ》の上にも、とかくの噂《うわさ》が立ちまして、中にはまた月のない夜《よ》ごと夜ごとに、今でも怪《あや》しい御袴《おんはかま》の緋《ひ》の色が、地にもつかずお廊下《ろうか》を歩《あゆ》むなどという取り沙汰《ざた》をいたすものもございました。——それも無理ではございません。昼でさえ寂《さび》しいこの御所は、一度日が暮《く》れたとなりますと、遣《や》り水《みず》の音がひときわ陰《いん》に響《ひび》いて、星明かりに飛ぶ五位鷺《ごいさぎ》も、怪形《けぎょう》の物かと思うほど、気味《きみ》が悪いのでございますから。

ちょうどその夜はやはり月のない、まっ暗な晩でございましたが、大殿油《おおとのあぶら》*69の灯影《ほかげ》で眺《なが》めますと、縁《えん》に近く座をお占《し》めになった大殿様は、浅黄《あさぎ》の直衣《のうし》*70に濃《こ》い紫《むらさき》の浮紋《うきもん》の指貫《さしぬき》*71をお召《め》しになって、白地の錦《にしき》の縁《ふち》をとった円座《わろうだ》*72に、高々とあぐらを組んでいらっしゃいました。その前後左右にお側《そば》の者どもが五、六人、うやうやしく居並《いなら》んでおりましたのは、別に取り立てて申し上げるまでもございますまい。が、中に一人、めだって事ありげに見えたのは、先年陸奥《みちのく》の戦いに餓《う》えて人の肉を食って以来、鹿《しか》の生角《いきづの》さえ裂《さ》くようになったという強力《ごうりき》の侍が、下に腹巻《はらまき》*73を着こんだ容子《ようす》で、太刀《たち》を鷗尻《かもめじり》*74に佩《は》き反《そ》らせながら、ご縁の下に厳《いかめ》しくつくばっていたことでございます。――それが皆《みな》、夜風《よかぜ》に靡《なび》く灯《ひ》の光で、あるいは明るくあるいは暗く、ほとんど夢現《ゆめうつつ》を分《わか》たない気色《けしき》で、なぜかもの凄《すご》く見え渡っておりました。

そのうえにまた、お庭に引き据《す》えた檳榔毛《びろうげ》の車が、高い車蓋《やかた》にのっしりと暗《やみ》を抑《おさ》えて、牛はつけず黒い轅《ながえ》*75を斜《なな》めに榻《しじ》*76へかけながら、金物《かなもの》の黄金《きん》を星のように、ちらちら光らせているのを眺《なが》めますと、春とはいうもののなんとなく肌寒《はださむ》い気がいたします。もっともその車の内は、浮線綾《ふせんりょう》*77の縁《ふち》をとった青い簾《すだれ》が、重く封じこめておりますから、輣《はこ》には何がはいっているか判《わか》りません。そうしてそのまわりには仕丁《じちょう》*78たちが、手《て》ん手《で》に燃えさかる松明《まつ》を執《と》って、煙《けむり》がご縁の方へ靡《なび》くのを気にしながら、仔細《しさい》らしく控《ひか》えております。

当の良秀はやや離《はな》れて、ちょうどご縁の真向かいに、跪《ひざまず》いておりましたが、これはいつもの香染《こうぞ》めらしい狩衣《かりぎぬ》に萎《な》えた揉烏帽子《もみえぼし》をいただいて、星空の重みに圧《お》されたかと思うくらい、いつもよりはなお小さく、見すぼらしげに見えました。その後ろにまた一人、同じような烏帽子狩衣の蹲《うずくま》ったのは、たぶん召《め》し連れた弟子《でし》の一人ででもございましょうか。それがちょうど二人とも、遠いうす暗がりの中に蹲っておりますので、私《わたくし》のいたご縁の下からは、狩衣の色さえ定《さだ》かにはわかりません。

十七

時刻はかれこれ真夜中《まよなか》にも近かったでございましょう。林泉《りんせん》をつつんだ暗《やみ》がひっそりと声を呑《の》んで、一同のする息を窺《うかが》っていると思う中には、ただかすかな夜風の渡る音がして、松明《まつ》の煙《けむり》がそのたびに煤臭《すすくさ》い匂《にお》いを送って参ります。大殿様《おおとのさま》はしばらく黙《だま》って、この不思議な景色《けしき》をじっと眺《なが》めていらっしゃいましたが、やがて膝《ひざ》をお進めになりますと、

「良秀《よしひで》、」と、鋭《するど》くお呼びかけになりました。

良秀は何やらご返事をいたしたようでございますが、私《わたくし》の耳にはただ、唸《うな》るような声しか聞こえて参りません。

「良秀。今宵《こよい》はその方《ほう》の望み通り、車に火をかけて見せてつかわそう。」

大殿様はこうおっしゃって、お側《そば》の者たちの方を流し眄《め》にご覧《らん》になりました。その時何か大殿様とお側の誰彼《たれかれ》との間には、意味ありげな微笑《びしょう》が交わされたようにも見うけましたが、これはあるいは私の気のせいかも分かりません。すると良秀はおそるおそる頭《かしら》を挙《あ》げてご縁《えん》の上を仰《あお》いだらしゅうございますが、やはり何も申し上げずに控《ひか》えております。

「よう見い。それは予《よ》が日ごろ乗る車じゃ。その方《ほう》も覚えがあろう。——予はその車にこれから火をかけて、目《ま》のあたりに炎熱《えんねつ》地獄を現《げん》ぜさせるつもりじゃが。」

大殿様はまた言《ことば》をお止《や》めになって、お側《そば》の者たちに眴《めくば》せをなさいました。それから急に苦々しいご調子で、

「その内には罪人の女房《にょうぼう》が一人、縛《いまし》めたまま、乗せてある。されば車に火をかけたら、必《ひっ》定《じょう》その女めは肉を焼き骨を焦《こ》がして、四苦八苦の最期《さいご》を遂《と》げるであろう。その方《ほう》が屏風《びょうぶ》を仕上げるには、またとないよい手本じゃ。雪のような肌《はだ》が燃え爛《ただ》れるのを見のがすな。黒髪が火の粉《こ》になって、舞《ま》い上がるさまもよう見ておけ。」

大殿様は三度口をお噤《つぐ》みになりましたが、何をお思いになったのか、今度《こんど》はただ肩を揺《ゆ》すって、声も立てずにお笑いなさりながら、

「末代《まつだい》までもない観物《みもの》じゃ。予《よ》もここで見物しよう。それそれ、簾《すだれ》を揚《あ》げて、良秀に中の

女を見せてつかわさぬか。」

　仰《おお》せを聞くと仕丁《じちょう》の一人は、片手に松明《まつ》の火を高くかざしながら、つかつかと車に近づくと、やにわに片手をさし伸ばして、簾《すだれ》をさらりと揚《あ》げて見せました。けたたましく音を立てて燃える松明《まつ》の光は、ひとしきり赤くゆらぎながら、たちまち狭い輫《はこ》の中を鮮《あざ》やかに照らし出しましたが、輜《とこ》の上に惨《むご》たらしく、鎖《くさり》にかけられた女房《にょうぼう》は――ああ、誰か見違えをいたしましょう。きらびやかな繡《ぬい》のある桜《さくら》の唐衣《からぎぬ》にすべらかし*79黒髪が艶《あで》やかに垂《た》れて、うちかたむいた黄金《こがね》の釵子《さいし》*80も美しく輝《かがや》いて見えましたが、身なりこそ違え、小造《こづく》りな体つきは、色の白い頸《うなじ》のあたりは、そうしてあの寂《さび》しいくらいつつましやかな横顔は、良秀の娘に相違《そうい》ございません。私は危《あや》うく叫《さけ》び声《ごえ》を立てようといたしました。

　その時でございます。私と向かいあっていた侍は慌《あわただ》しく身を起こして、柄頭《つかがしら》を片手におさえながら、きっと良秀の方を睨《にら》みました。それに驚いて眺《なが》めますと、あの男はこの景色《けしき》に、半《なか》ば正気《しょうき》を失ったのでございましょう。今まで下に蹲《うずくま》っていたのが、急に飛び立ったと思いますと、両手を前へ伸ばしたまま、車の方へ思わず知らず走りかかろうといたしました。ただあいにく前にも申しました通り、遠い影《かげ》の中におりますので、顔貌《かおかたち》ははっきりと分かりません。しかしそう思ったのはほんの一瞬間《いっしゅんかん》で、色を失った良秀の顔は、いや、まるで何か目に見えない力が、宙へ吊《つ》り上げたような良秀の姿は、たちまちうす暗がりを切り抜いてありありと眼前へ浮かび上がりました。娘を乗せた檳榔毛《びろうげ》の車が、この時、「火をかけい」という大殿様のお言《ことば》と共に、仕丁《じちょう》たちが投げる松明《まつ》の火を浴《あ》びて炎々《えんえん》と燃え上がったのでございます。

十八

火は見る見るうちに、車蓋《やかた》をつつみました。庇《ひさし》についた紫《むらさき》の流蘇《ふさ》*81が、煽《あお》られたようにさっと靡《なび》くと、その下から濛々《もうもう》と夜目《よめ》にも白い煙《けむり》が渦《うず》を巻いて、あるいは簾《すだれ》、あるいは袖《そで》、あるいは棟《むね》の金物《かなもの》が、一時に砕《くだ》けて飛んだかと思うほど、火の粉《こ》が雨のように舞《ま》い上がる――その凄《すさ》まじさといったらございません。いや、それよりもめらめらと舌を吐いて袖格《そでごう》子《し》に搦《から》みながら、半空《なかぞら》までも立ち昇《のぼ》る烈々《れつれつ》とした炎《ほのお》の色は、まるで日輪《にちりん》が地に落ちて、天《てん》火《か》が迸《ほとばし》ったようだとでも申しましょうか。前に危《あや》うく叫《さけ》ぼうとした私《わたくし》も、今はまったく魂《たましい》を消して、ただ茫然《ぼうぜん》と口を開《あ》きながら、この恐ろしい光景を見守るよりほかはございませんでした。しかし親の良秀《よしひで》は――

良秀のその時の顔つきは、今でも私は忘れません。思わず知らず車の方へ駆《か》け寄ろうとしたあの男は、火が燃え上がると同時に、足を止めて、やはり手をさし伸ばしたまま、食い入《い》るばかりの眼《め》つきをして、車をつつむ焔煙《えんえん》を吸いつけられたように眺《なが》めておりましたが、満身に浴《あ》びた火の光で、皺《しわ》だらけな醜《みにく》い顔は、髭《ひげ》の先までもよく見えます。が、その大きく見開いた眼の中といい、引き歪《ゆが》めた唇《くちびる》のあたりといい、あるいはまた絶えず引き攣《つ》っている頬《ほお》の肉の震《ふる》えといい、良秀の心にこもごも往来《おうらい》する恐れと悲しみと驚きとは、歴々と顔に描《えが》かれました。首を刎《は》ねられる前の盗人《ぬすびと》でも、ないしは十王《じゅうおう》の庁へ引き出された、十逆五悪《じゅうぎゃくごあく》*82の罪人でも、ああまで苦しそうな顔をいたしますまい。これにはさすがにあの強力《ごうりき》の侍でさえ、思わず色を変えて、おそるおそる大殿様《おおとのさま》のお顔を仰《あお》ぎました。

が、大殿様は緊《かた》く唇《くちびる》をお噛《か》みになりながら、時々気味悪《きみわる》くお笑いになって、眼《め》もはなさずじっと車の方をお見つめになっていらっしゃいます。そうしてその車の中には――ああ、私はその時、その車にどんな娘の姿を眺《なが》めたか、それを詳《くわ》しく申し上げる勇気は、とうていあろうとも思われません。あの煙《けむり》に咽《むせ》んで仰向《あおむ》けた顔の白さ、焔《ほのお》を掃《はら》ってふり乱《みだ》れた髪の長さ、それからまた見るまに火と変わって行く、桜《さくら》の唐衣《からぎぬ》の美しさ、――なんという惨《むご》たらしい景色《けしき》でございましたろう。殊《こと》に夜風《よかぜ》が一下《ひとおろ》しして、煙が向こうへ靡《なび》いた時、赤い上に金粉《きんぷん》を撒《ま》いたような、焔の中から浮き上がって、髪を口に噛みながら、縛《いましめ》の鎖《くさり》も切れるばかり身悶《みもだ》えをした有様《ありさま》は、地獄《じごく》の業苦《ごうく》を目《ま》のあたりへ写し出したかと疑《うたが》われて、私はじめ強力《ごうりき》の侍までおのずと身の毛がよだちました。

するとその夜風《よかぜ》がまたひと渡り、お庭の木々の梢《こずえ》にさっと通う――と誰でも、思いましたろう。そういう音が暗い空を、どことも知らず走ったと思うと、たちまち何か黒いものが、地にもつかず宙にも飛ばず、鞠《まり》のように躍《おど》りながら、御所《ごしょ》の屋根から火の燃えさかる車の中へ、一文字《いちもんじ》にとびこみました。そうして朱塗《しゅぬり》のような袖格子《そでごうし》が、ばらばらと焼け落ちる中に、のけ反《ぞ》った娘の肩を抱いて、帛《きぬ》を裂《さ》くような鋭《するど》い声を、なんともいえず苦しそうに、長く煙《けむり》の外へ飛ばせました。続いてまた、二声三声――私たちは我知らず、あっと同音に叫《さけ》びました。壁代《かべしろ》*83のような焔《ほのお》を後ろにして、娘の肩に縋《すが》っているのは、堀川《ほりかわ》のお邸《やしき》に繋《つな》いであった、あの良秀と諢名《あだな》のある、猿《さる》だったのでございますから。その猿がどこをどうしてこの御所まで、忍《しの》んで来たか、それはもちろん誰にもわかりません。が、日ごろ可愛《かわい》がってくれた娘なればこそ、猿もいっしょに火の中へはいったのでございましょう。

十九

が、猿《さる》の姿が見えたのは、ほんの一瞬間《いっしゅんかん》でございました。金梨子地《きんなしじ》*84のような火の粉《こ》がひとしきり、ぱっと空へ上がったかと思ううちに、猿はもとより娘の姿も、黒煙《くろけむり》の底に隠《かく》されて、お庭のまん中にはただ、一輛《いちりょう》の火の車が凄《すさ》まじい音を立てながら、燃え沸《たぎ》っているばかりでございます。いや、火の車というよりも、あるいは火の柱といった方が、あの星空を衝《つ》いて煮《に》え返る、恐ろしい火焰《かえん》の有様《ありさま》にはふさわしいかもしれません。

その火の柱を前にして、凝《こ》り固《かた》まったように立っている良秀《よしひで》は、――なんという不思議なことでございましょう。あのさっきまで地獄《じごく》の責苦《せめく》に悩《なや》んでいたような良秀は、今はいようのない輝《かがや》きを、さながら恍惚《こうこつ》とした法悦《ほうえつ》の輝きを、皺《しわ》だらけな満面に浮かべながら、大殿様《おおとのさま》の御前《ごぜん》も忘れたのか、両腕をしっかり胸に組んで、佇《たたず》んでいるではございませんか。それがどうもあの男の眼《め》の中には、娘の悶《もだ》え死ぬ有様《ありさま》が映《うつ》っていないようなのでございます。ただ美しい火焰《かえん》の色と、その中に苦しむ女人《にょにん》の姿とが、限りなく心を悦《よろこ》ばせる――そういう景色《けしき》に見えました。

しかも不思議なのは、なにもあの男が一人娘の断末魔《だんまつま》を嬉《うれ》しそうに眺《なが》めていた、そればかりではございません。その時の良秀には、なぜか人間とは思われない、夢に見る獅子王《ししおう》の怒《いか》りに似た、怪《あや》しげな厳《おごそ》かさがございました。でございますから不意の火の手に驚いて、啼《な》き騒《さわ》ぎながら飛びまわる数の知れない夜鳥《よどり》でさえ、気のせいか良秀の揉烏帽子《もみえぼし》のまわりへは、近づかなかったようでございます。恐らくは無心《むしん》の鳥の眼《め》にも、あの男の頭《かしら》の上に、円光のごとく懸《か》かっている、不可思議な威厳《いげん》が見えたのでございましょう。

鳥でさえそうでございます。まして私《わたくし》たちは仕丁《じちょう》までも、皆《みな》息をひそめながら、身の内も震《ふる》えるばかり、異様《いよう》な随喜《ずいき》の心に充《み》ち満《み》ちて、まるで開眼《かいげん》*85の仏《ぶつ》でも見るように、眼《め》も離《はな》さず、良秀を見つめました。空一面に鳴り渡る車の火と、それに魂《たましい》を奪《うば》われて、立ちすくんでいる良秀と――なんという荘厳《しょうごん》、なんという歓喜でございましょう。が、その中でたった、ご縁《えん》の上の大殿様《おおとのさま》だけは、まるで別人かと思われるほど、お顔の色も青ざめて、口元に泡《あわ》をおためになりながら、紫《むらさき》の指貫《さしぬき》の膝《ひざ》を両手にしっかりおつかみになって、ちょうど喉《のど》の渇《かわ》いた獣《けもの》のように喘《あえ》ぎつづけていらっしゃいました。……

二十

その夜《よ》雪解《ゆきげ》の御所《ごしょ》で、大殿様《おおとのさま》が車をお焼きになったことは、誰の口からともなく世上《せじょう》へ洩《も》れましたが、それについてはずいぶんいろいろな批判《ひはん》をいたすものもおったようでございます。まず第一になぜ大殿様が良秀《よしひで》の娘をお焼き殺しなすったか、――これは、かなわぬ恋の恨《うら》みからなすったのだという噂《うわさ》が、一番多うございました。が、大殿様の思《おぼ》し召《め》しは、まったく車を焼き人を殺してまでも、屏風《びょうぶ》の画《え》を描《か》こうとする絵師根性の曲《よこしま》なのを懲《こ》らすおつもりだったのに相違《そうい》ございません。現に私《わたくし》は、大殿様がお口ずからそうおっしゃるのを伺《うかが》ったことさえございます。

それからあの良秀が、目前で娘を焼き殺されながら、それでも屏風《びょうぶ》の画《え》を描《か》きたいというその木石《ぼくせき》のような心もちが、やはり何かとあげつらわれたようでございます。中にはあの男を罵《ののし》って、画のためには親子の情愛も忘れてしまう、人面獣心《にんめんじゅうしん》の曲者《くせもの》だなどと申すものもございました。あの横川《よかわ》の僧都様《そうずさま》などは、こういう考えに味方をなすったお一人で、「いかに一芸一能に秀《ひい》でようとも、人として五常《ごじょう》*86をわきまえねば、地獄《じごく》に堕《お》ちるほかはない」などと、よくおっしゃったものでございます。

ところがその後ひと月ばかり経《た》って、いよいよ地獄変の屏風《びょうぶ》が出来上がりますと良秀はさっそくそれをお邸《やしき》へ持って出て、うやうやしく大殿様のご覧《らん》に供《そな》えました。ちょうどその時は僧都様もお居合わせになりましたが、屏風の画を一目ご覧になりますと、さすがにあの一帖《いちじょう》の天地に吹き荒《すさ》んでいる火の嵐《あらし》の恐ろしさにお驚きなすったのでございましょう。それまでは苦い顔をなさりながら、良秀の方をじろじろ睨《にら》めつけていらしったのが、思わず知らず膝《ひざ》を打って、「でかしおった」とおっしゃいました。この言《ことば》をお聞きになって、大殿様が苦笑《くしょう》なすった時のご容子《ようす》も、いまだに私は忘れません。

それ以来あの男を悪くいうものは、少なくともお邸《やしき》の中だけでは、ほとんど一人もいなくなりました。誰でもあの屏風《びょうぶ》を見るものは、いかに日ごろ良秀を憎《にく》く思っているにせよ、不思議に厳《おごそ》かな心もちに打たれて、炎熱《えんねつ》地獄の大苦艱《だいくげん》を如実《にょじつ》に感じるからでもございましようか。

しかしそうなった時分《じぶん》には、良秀はもうこの世にない人の数《かず》にはいっておりました。それも屛風《びょうぶ》の出来上がった次の夜《よ》に、自分の部屋《へや》の梁《はり》へ縄《なわ》をかけて、縊《くび》れ死んだのでございます。一人娘を先立てたあの男は、恐らく安閑《あんかん》として生きながらえるのに堪《た》えなかったのでございましょう。屍骸《しがい》は今でもあの男の家の跡《あと》に埋《うず》まっております。もっとも小さな標《しるし》の石は、そののち何十年かの雨風《あめかぜ》に曝《さら》されて、とうの昔誰の墓《はか》とも知れないように、苔蒸《こけむ》しているにちがいございません。

（一九一八年五月）

藪《やぶ》の中《なか》

検非違使《けびいし》*1に問われたる木樵《きこ》りの物語

さようでございます。あの死骸《しがい》を見つけたのは、わたしに違いございません。わたしは今朝《けさ》いつもの通り、裏山《うらやま》の杉を伐《き》りに参りました。すると山陰《やまかげ》の藪《やぶ》の中に、あの死骸があったのでございます。あったところでございますか？　それは山科《やましな》*2の駅路《えきろ》*3からは、四、五町《ちょう》*4ほど隔《へだ》たっておりましょう。竹の中に痩《や》せ杉《すぎ》の交《まじ》った、人気《ひとけ》のない所でございます。

死骸《しがい》は縹《はなだ》*5の水干《すいかん》に、都風《みやこふう》のさび烏帽子《えぼし》*6をかぶったまま、仰向《あおむ》けに倒《たお》れておりました。なにしろ一刀《ひとかたな》とは申すものの、胸もとの突《つ》き傷《きず》でございますから、死骸のまわりの竹の落葉《おちば》は、蘇芳《すおう》*7に滲《し》みたようでございます。いえ、血はもう流れてはおりません。傷口も乾《かわ》いておったようでございます。おまけにそこには、馬蝿《うまばえ》が一匹、わたしの足音も聞こえないように、べったり食いついておりましたっけ。

太刀《たち》か何かは見えなかったか？　いえ、何もございません。ただその側《そば》の杉の根がたに、縄《なわ》が一筋《ひとすじ》落ちておりました。それから、――そうそう、縄のほかにも櫛《くし》が一つございました。死骸《しがい》のまわりにあったものは、この二つぎりでございます。が、草や竹の落葉《おちば》は、一面に踏《ふ》み荒《あら》されておりましたから、きっとあの男は殺される前に、よほど手痛い働きでもいたしたのに違いございません。なに、馬はいなかったか？　あそこはいったい馬なぞには、はいれない所でございます。なにしろ馬の通《かよ》う路《みち》とは、藪《やぶ》一つ隔《へだ》たっておりますから。

検非違使に問われたる旅法師《たびほうし》の物語

あの死骸《しがい》の男には、確かに昨日《きのう》遇《あ》っております。昨日の、――さあ、午《ひる》ごろでございましょう。場所は関山《せきやま》*8から山科《やましな》へ、参ろうという途中《とちゅう》でございます。あの男は馬に乗った女といっしょに、関山の方へ歩いて参りました。女は牟子《むし》*9を垂《た》れておりましたから、顔はわたしにはわかりません。見えたのはただ萩重《はぎがさ》*10ねらしい、衣《きぬ》の色ばかりでございます。馬は月毛《つきげ》*11の、――確か法師髪《ほうしがみ》*12の馬のようでございました。丈《たけ》でございますか？　丈は四寸《よき》*13もございましたか？――なにしろ沙門《しゃもん》*14のことでございますから、その辺ははっきり存じません。男は、――いえ、太刀《たち》も帯《お》びておれば、弓矢も携《たずさ》えておりました。殊《こと》に黒い塗《ぬ》り箙《えびら》*15へ、二十あまり征矢《そや》*16をさしたのは、ただいまでもはっきり覚えております。

　あの男がかようになろうとは、夢にも思わずにおりましたが、真《まこと》に人間の命なぞは、如《にょ》露亦如電《ろやくにょでん》*17に違いございません。やれやれ、なんとも申しようのない、気《き》の毒《どく》なことをいたしました。

検非違使に問われたる放免《ほうめん》*18の物語

　わたしが搦《から》め取った男でございますか？　これは確かに多襄丸《たじょうまる》という、名高い盗人《ぬすびと》でございます。もっともわたしが搦め取った時には、馬から落ちたのでございましょう、粟田《あわた》口《ぐち》*19の石橋《いしばし》の上に、うんうん呻《うな》っておりました。時刻でございますか？　時刻は昨夜の初更《しょこう》ごろ*20でございます。いつぞやわたしが捉《とら》え損《そん》じた時にも、やはりこの紺《こん》の水干《すいかん》に、打ち出しの太刀《たち》を佩《は》いておりました。ただいまはそのほかにもご覧《らん》の通り、弓矢の類《たぐい》さえ携《たずさ》えております。さようでございますか？　あの死骸《しがい》の男が持っていたのも、――では人殺しを働いたのは、この多襄丸に違いございません。革《かわ》を巻いた弓、黒塗《くろぬ》りの箙《えびら》、鷹《たか》の羽《は》の征矢《そや》が十七本、――これは皆《みな》、あの男が持っていたものでございましょう。はい。馬もおっしゃる通り、法師《ほうし》髪《がみ》の月毛《つきげ》でございます。その畜生《ちくしょう》に落とされるとは、何かの因縁《いんねん》に違いございません。それは石橋の少し先に、長い端綱《はづな》を引いたまま、路《みち》ばたの青芒《あおすすき》を食っておりました。

　この多襄丸というやつは、洛中《らくちゅう》に徘徊《はいかい》する盗人《ぬすびと》の中でも、女好きのやつでございます。

昨年の秋鳥部寺《とりべでら》の賓頭盧《びんずる》*21の後ろの山に、物詣《ものもう》でに来たらしい女房《にょうぼう》が一人、女《め》の童《わらわ》といっしょに殺されていたのは、こいつの仕業《しわざ》だとか申しておりました。その月毛《つきげ》に乗っていた女も、こいつがあの男を殺したとなれば、どこへどうしたかわかりません。さしでがましゅうございますが、それもご詮議《せんぎ》くださいまし。

検非違使に問われたる媼《おうな》の物語

はい、あの死骸《しがい》は手前《てまえ》の娘が、片付いた男でございます。が、都《みやこ》のものではございません。若狭《わかさ》の国府《こくふ》の侍でございます。名は金沢《かなざわ》の武弘《たけひろ》、年は二十六歳でございました。いえ、優しい気立《きだ》てでございますから、遺恨《いこん》なぞ受けるはずはございません。

娘でございますか？　娘の名は真砂《まさご》、年は十九歳でございます。これは男にも劣《おと》らぬくらい、勝ち気の女でございますが、まだ一度も武弘のほかには、男を持ったことはございません。顔は色の浅黒い、左の眼尻《めじり》に黒子《ほくろ》のある、小さい瓜実顔《うりざねがお》でございます。

武弘は昨日《きのう》娘といっしょに、若狭へたったのでございますが、こんなことになりますとは、なんという因果《いんが》でございましょう。しかし娘はどうなりましたやら、婿《むこ》のことはあきらめましても、これだけは心配でなりません。どうかこの姥《うば》が一生のお願いでございますから、たとい草木《くさき》を分けましても、娘の行方《ゆくえ》をお尋《たず》ねくださいまし。何にいたせ憎《にく》いのは、その多襄丸《たじょうまる》とか何とか申す、盗人《ぬすびと》のやつでございます。婿ばかりか、娘までも……（あとは泣き入《い》りて言葉なし。）

＊　＊　＊　＊　＊

多襄丸《たじょうまる》の白状

あの男を殺したのはわたしです。しかし女は殺しはしません。ではどこへ行ったのか？　それはわたしにもわからないのです。まあ、お待ちなさい。いくら拷問《ごうもん》にかけられても、知らないことは申されますまい。そのうえわたしもこうなれば、卑怯《ひきょう》な隠《かく》し立《だ》てはしないつもりです。

わたしは昨日《きのう》の午《ひる》少し過ぎ、あの夫婦に出会いました。その時風の吹いた拍子《ひょうし》に、牟子《むし》の垂絹《たれぎぬ》が上がったものですから、ちらりと女の顔が見えたのです。ちらりと、——見えたと思う瞬間《しゅんかん》には、もう見えなくなったのですが、一つにはそのためもあったのでしょう、わたしにはあの女の顔が、女菩薩《にょぼさつ》のように見えたのです。わたしはそのとっさの間に、たとい男は殺しても、女は奪《うば》おうと決心しました。

なに、男を殺すなぞは、あなたがたの思っているように、たいしたことではありません。どうせ女を奪《うば》うとなれば、必ず、男は殺されるのです。ただわたしは殺す時に、腰の太刀《たち》を使うのですが、あなたがたは太刀は使わない、ただ権力で殺す、金で殺す、どうかするとおためごかしの言葉だけでも殺すでしょう。なるほど血は流れない、男は立派《りっぱ》に生きている、――しかしそれでも殺したのです。罪の深さを考えてみれば、あなたがたが悪いか、わたしが悪いか、どちらが悪いかわかりません。（皮肉なる微笑《びしょう》）

しかし男を殺さずとも、女を奪《うば》うことが出来れば、別に不足はないわけです。いや、その時の心もちでは、出来るだけ男を殺さずに、女を奪おうと決心したのです。が、あの山科《やましな》の駅路《えきろ》では、とてもそんなことは出来ません。そこでわたしは山の中へ、あの夫婦をつれこむ工夫《くふう》をしました。

これも造作《ぞうさ》はありません。わたしはあの夫婦と途《みち》づれになると、向こうの山には古塚《ふるづか》がある、この古塚を発《あば》いてみたら、鏡や太刀《たち》がたくさん出た、わたしは誰も知らないように、山の陰《かげ》の藪《やぶ》の中へ、そういう物を埋《うず》めてある、もし望み手があるならば、どれでも安い値に売り渡したい、――という話をしたのです。男はいつかわたしの話に、だんだん心を動かしはじめました。それから、――どうです、欲というものは恐ろしいではありませんていたのです。それから半時《はんとき》もたたないうちに、あの夫婦はわたしといっしょに、山路《やまみち》へ馬を向けていたのです。

わたしは藪《やぶ》の前へ来ると、宝はこの中に埋《うず》めてある、見に来てくれといいました。男は欲に渇《かわ》いていますから、異存《いぞん》のあるはずはありません。が、女は馬も下りずに、待っているというのです。またあの藪の茂《しげ》っているのを見ては、そういうのも無理はありますまい。わたしはこれも実をいえば、思う壺《つぼ》にはまったのですから、女一人を残したまま、男と藪の中へはいりました。

藪《やぶ》はしばらくの間は竹ばかりです。が、半町《はんちょう》ほど行ったところに、やや開いた杉むらがある、――わたしの仕事を仕遂《しと》げるのには、これほど都合《つごう》のいい場所はありません。わたしは藪を押し分けながら、宝は杉の下に埋《うず》めてあると、もっともらしい嘘《うそ》をつきました。男はわたしにそういわれると、もう痩《や》せ杉《すぎ》が透《す》いて見える方へ、一生懸命《けんめい》に進んで行きます。そのうちに竹が疎《まば》らになると、何本も杉が並《なら》んでいる、――わたしはそこへ来るが早いか、いきなり相手を組み伏《ふ》せました。男も太刀《たち》を佩《は》いているだけに、力は相当にあったようですが、不意を打たれてはたまりません。たちまち一本の杉の根がたへ、括《くく》りつけられてしまいました。縄《なわ》ですか？　縄は盗人《ぬすびと》のありがたさに、いつ塀《へい》を越えるかわかりませんから、ちゃんと腰につけていたのです。もちろん声を出させないためにも、竹の落葉《おちば》を頬張《ほおば》らせれば、ほかに面倒《めんどう》はありません。

わたしは男を片付けてしまうと、今度《こんど》はまた女の所へ、男が急病を起こしたらしいから、見に来てくれといいに行きました。これも図星《ずぼし》に当たったのは、申し上げるまでもありますまい。女は市女笠《いちめがさ》*22を脱《ぬ》いだまま、わたしに手をとられながら、藪《やぶ》の奥へはいって来ました。ところがそこへ来て見ると、男は杉の根に縛《しば》られている、——女はそれを一目見るなり、いつのまに懐《ふところ》から出していたか、きらりと小刀《さすが》を引き抜きました。わたしはまだ今までに、あのくらい気性《きしよう》の烈《はげ》しい女は、一人も見たことがありません。もしその時でも油断していたらば、一突《ひとつ》きに脾腹《ひばら》を突かれたでしょう。いや、それは身を躱《かわ》したところが、無二無三《むにむさん》に斬《き》り立てられるうちには、どんな怪我《けが》もしかねなかったのです。が、わたしも多襄丸《たじようまる》ですから、どうにかこうにか太刀《たち》も抜かずに、とうとう小刀《さすが》を打ち落としました。いくら気の勝った女でも、得物《えもの》がなければしかたがありません。わたしはとうとう思い通り、男の命は取らずとも、女を手に入れることは出来たのです。

男の命は取らずとも、——そうです。わたしはそのうえにも、男を殺すつもりはなかったのです。ところが泣き伏《ふ》した女を後《あと》に、藪《やぶ》の外へ逃げようとすると、女は突然わたしの腕へ、気違いのように縋《すが》りつきました。しかも切れぎれに叫《さけ》ぶのを聞けば、あなたが死ぬか夫が死ぬか、どちらか一人死んでくれ、二人の男に恥《はじ》を見せるのは、死ぬよりもつらいというのです。いや、そのうちどちらにしろ、生き残った男につれ添《そ》いたい、——そうも喘《あえ》ぎ喘ぎいうのです。わたしはその時猛然《もうぜん》と、男を殺したい気になりました。（陰鬱《いんうつ》なる興奮《こうふん》）

こんなことを申し上げると、きっとわたしはあなたがたより、残酷《ざんこく》な人間に見えるでしょう。しかしそれはあなたがたが、あの女の顔を見ないからです。殊《こと》にその一瞬間《いっしゅんかん》の、燃えるような瞳《ひとみ》を見ないからです。わたしは女と眼《め》を合わせた時、たとい神鳴《かみなり》に打ち殺されても、この女を妻にしたいと思いました。妻にしたい、——わたしの念頭《ねんとう》にあったのは、ただこういう一事《いちじ》だけです。これはあなたがたの思うように、卑《いや》しい色欲《しきよく》ではありません。もしその時色欲のほかに、何も望みがなかったとすれば、わたしは女を蹴倒《けたお》しても、きっと逃げてしまったでしょう。男もそうすればわたしの太刀《たち》に、血を塗《ぬ》ることにはならなかったのです。が、薄暗《うすぐら》い藪《やぶ》の中に、じっと女の顔を見た刹那《せつな》、わたしは男を殺さない限り、ここは去るまいと覚悟《かくご》しました。

しかし男を殺すにしても、卑怯《ひきょう》な殺し方はしたくありません。わたしは男の縄《なわ》を解いたうえ、太刀打《たちう》ちをしろといいました。（杉の根がたに落ちていたのは、その時捨《す》て忘れた縄なのです。）男は血相《けっそう》を変えたまま、太い太刀を引き抜きました。と思うと口もきかずに、憤然《ふんぜん》とわたしへ飛びかかりました。——その太刀打ちがどうなったかは、申し上げるまでもありますまい。わたしの太刀は二十三合《ごう》めに、相手の胸を貫《つらぬ》きました。二十三合めに、――どうかそれを忘れずにください。わたしは今でもこのことだけは、感心だと思っているのです。わたしと二十合斬《き》り結《むす》んだものは、天下にあの男一人だけですから。（快活なる微笑《びしょう》）

　わたしは男が倒《たお》れると同時に、血に染《そ》まった刀を下げたなり、女の方を振り返りました。すると、――どうです、あの女はどこにもいないではありませんか？　わたしは女がどちらへ逃げたか、杉むらの間を探して見ました。が、竹の落葉《おちば》の上には、それらしい跡《あと》も残っていません。また耳を澄《す》ませてみても、聞こえるのはただ男の喉《のど》に、断末魔《だんまつま》の音がするだけです。

　ことによるとあの女は、わたしが太刀打《たちう》ちを始めるが早いか、人の助けでも呼ぶために、藪《やぶ》をくぐって逃げたのかもしれない。――わたしはそう考えると、今度《こんど》はわたしの命ですから、太刀や弓矢を奪《うば》ったなり、すぐにまたもとの山路《やまみち》へ出ました。そこにはまだ女の馬が、静かに草を食っています。その後のことは申し上げるだけ、無用の口数《くちかず》に過ぎますまい。ただ、都《みやこ》へはいる前に、太刀だけはもう手放していました。――わたしの白状《はくじょう》はこれだけです。どうせ一度は樗《おうち》*23の梢《こずえ》に、懸《か》ける首と思っていますから、どうか極刑《ごくけい》に遇《あ》わせてください。（昂然《こうぜん》たる態度）

清水寺《きよみずでら》に来れる女の懺悔《ざんげ》

——その紺《こん》の水干《すいかん》を着た男は、わたしを手ごめにしてしまうと、縛《しば》られた夫を眺《なが》めながら、嘲《あざけ》るように笑いました。夫はどんなに無念だったでしょう。が、いくら身悶《みもだ》えをしても、体じゅうにかかった縄目《なわめ》は、いっそうひしひしと食い入《い》るだけです。わたしは思わず夫の側《そば》へ、転《ころ》ぶように走り寄りました。いえ、走り寄ろうとしたのです。しかし男はとっさの間に、わたしをそこへ蹴倒《けたお》しました。ちょうどその途端《とたん》です。わたしは夫の眼《め》の中に、なんともいいようのない輝《かがや》きが、宿《やど》っているのを覚《さと》りました。なんともいいようのない、——わたしはあの眼を思い出すと、今でも身震《みぶる》いが出ずにはいられません。口さえ一言《いちごん》もきけない夫は、その刹那《せつな》の眼の中に、いっさいの心を伝えたのです。しかもそこに閃《ひらめ》いていたのは、怒《いか》りでもなければ悲しみでもない、——ただわたしを蔑《さげす》んだ、冷《つめ》たい光だったではありませんか？　わたしは男に蹴られたよりも、その眼の色に打たれたように、我知らず何か叫《さけ》んだぎり、とうとう気を失ってしまいました。

そのうちにやっと気がついて見ると、あの紺《こん》の水干《すいかん》の男は、もうどこかへ行っていました。跡《あと》にはただ杉の根がたに、夫が縛《しば》られているだけです。わたしは竹の落葉《おちば》の上に、やっと体を起こしたなり、夫の顔を見守りました。が、夫の眼《め》の色は、少しもさっきと変わりません。やはり冷《つめ》たい蔑《さげす》みの底に、憎《にく》しみの色を見せているのです。恥ずかしさ、悲しさ、腹立たしさ、——その時のわたしの心のうちは、なんといえばよいかわかりません。わたしはよろよろ立ち上がりながら、夫の側《そば》へ近寄りました。

「あなた。もうこうなったうえは、あなたとごいっしょにはおられません。わたしはひと思いに死ぬ覚悟《かくご》です。しかし、——しかしあなたもお死になすってください。あなたはわたしの恥《はじ》をご覧《らん》になりました。わたしはこのままあなた一人、お残し申すわけには参りません。」

わたしは一生懸命《けんめい》に、これだけのことをいいました。それでも夫は忌《い》まわしそうに、わたしを見つめているばかりなのです。わたしは裂《さ》けそうな胸をおさえながら、夫の太刀《たち》を探《さが》しました。が、あの盗人《ぬすびと》に奪《うば》われたのでしょう、太刀はもちろん弓矢さえも、藪《やぶ》の中には見当たりません。しかし幸《さいわ》い小刀《さすが》だけは、わたしの足もとに落ちているのです。わたしはその小刀を振り上げると、もう一度夫にこういいました。

「ではお命を頂《いただ》かせてください。わたしもすぐにお供《とも》します。」

夫はこの言葉を聞いた時、やっと唇《くちびる》を動かしました。もちろん口には笹《ささ》の落葉《おちば》が、いっぱいにつまっていますから、声は少しも聞こえません。が、わたしはそれを見ると、たちまちその言葉を覚りました。夫はわたしを蔑んだまま、『殺せ』と一言いったのです。わたしはほとんど、夢うつつのうちに、夫の縹《はなだ》の水干《すいかん》の胸へ、ずぶりと小刀《さすが》を刺し通しました。

わたしはまたこの時も、気を失ってしまったのでしょう。やっとあたりを見まわした時には、夫はもう縛《しば》られたまま、とうに息が絶えていました。その蒼《あお》ざめた顔の上には、竹に交《まじ》った杉むらの空から、西日がひとすじ落ちているのです。わたしは泣き声を呑《の》みながら、死骸《しがい》の縄《なわ》を解《と》き捨《す》てました。そうして、——そうしてわたしがどうなったか？　それだけはもうわたしには、申し上げる力もありません。とにかくわたしはどうしても、死にきる力がなかったのです。小刀《さすが》を喉《のど》に突き立てたり、山の裾《すそ》の池へ身を投げたり、いろいろなこともしてみましたが、死にきれずにこうしている限り、これも自慢《じまん》にはなりますまい。（寂《さび》しき微笑《びしょう》）わたしのように腑甲斐《ふがい》ないものは、大慈大悲《だいじだいひ》の観世音菩薩《かんぜおんぼさつ》も、お見放しなすったものかもしれません。しかし夫を殺したわたしは、盗人《ぬすびと》の手ごめに遇《あ》ったわたしは、いったいどうすればよいのでしょう？　いったいわたしは、——わたしは、——（突然烈《はげ》しき歔欷《すすりなき》）

巫女《みこ》の口を借りたる死霊《しりょう》の物語

――盗人《ぬすびと》は妻を手ごめにすると、そこへ腰を下ろしたまま、いろいろ妻を慰《なぐさ》め出した。おれはもちろん口はきけない。体も杉の根に縛《しば》られている。が、おれはその間に、何度も妻へ目くばせをした。この男のいうことを真《ま》に受けるな、何をいっても嘘《うそ》と思え、――おれはそんな意味を伝えたいと思った。しかし妻は悄然《しょうぜん》と笹《ささ》の落葉《おちば》に坐《すわ》ったなり、じっと膝《ひざ》へ目をやっている。それがどうも盗人の言葉に、聞き入《い》っているように見えるではないか？　おれは妬《ねた》ましさに身悶《みもだ》えをした。が、盗人はそれからそれへと、巧妙《こうみょう》に話を進めている。一度でも肌身《はだみ》を汚《けが》したとなれば、夫との仲も折り合うまい。そんな夫に連れ添《そ》っているより、自分の妻になる気はないか？　自分はいとしいと思えばこそ、大それた真似《まね》も働いたのだ、――盗人はとうとう大胆《だいたん》にも、そういう話さえ持ち出した。

盗人《ぬすびと》にこういわれると、妻はうっとりと顔を擡《もた》げた。おれはまだあの時ほど、美しい妻は見たことがない。しかしその美しい妻は、現在縛《しば》られたおれを前に、なんと盗人に返事をしたか？　おれは中有《ちゅうう》*24に迷《まよ》っていても、妻の返事を思い出すごとに、嗔恚《しんい》*25に燃えなかったためしはない。妻は確かにこういった、――「ではどこへでもつれて行ってください。」

（長き沈黙《ちんもく》）

妻の罪はそれだけではない。それだけならばこの闇《やみ》の中に、いまほどおれも苦しみはしまい。しかし妻は夢のように、盗人《ぬすびと》に手をとられながら、藪《やぶ》の外へ行こうとすると、たちまち顔色《がんしょく》を失ったなり、杉の根のおれを指さした。「あの人を殺してください。わたしはあの人が生きていては、あなたといっしょにはいられません。」――妻は気が狂《くる》ったように、何度もこう叫《さけ》び立てた。「あの人を殺してください。」――この言葉は嵐《あらし》のように、今でも遠い闇の底へ、まっ逆様《さかさま》におれを吹き落とそうとする。一度でもこのくらい憎《にく》むべき言葉が、人間の口を出たことがあろうか？　一度でもこのくらい呪《のろ》わしい言葉が、人間の耳に触《ふ》れたことがあろうか？　一度でもこのくらい、――（突然迸《ほとばし》るごとき嘲笑《ちょうしょう》）その言葉を聞いた時は、盗人さえ色を失ってしまった。「あの人を殺してください。」――妻はそう叫びながら、盗人の腕に縋《すが》っている。盗人はじっと妻を見たまま、殺すとも殺さぬとも返事をしない。――と思うか思わないうちに、妻は竹の落葉《おちば》の上へ、ただ一蹴《ひとけ》りに蹴倒《けたお》された、（再び、迸るごとき嘲笑）盗人は静かに両腕を組むと、おれの姿へ眼《め》をやった。「あの女はどうするつもりだ？　殺すか、それとも助けてやるか？　返事はただ頷《うなず》けばよい。殺すか？」――おれはこの言葉だけでも、盗人の罪は赦《ゆる》してやりたい。（再び、長き沈黙《ちんもく》）

妻はおれがためらううちに、何か一声《ひとこえ》叫《さけ》ぶが早いか、たちまち藪《やぶ》の奥へ走り出した。盗人《ぬすびと》もとっさに飛びかかったが、これは袖《そで》さえ捉《とら》えなかったらしい。おれはただ幻《まぼろし》のように、そういう景色《けしき》を眺《なが》めていた。

盗人《ぬすびと》は妻が逃げ去ったのち、太刀《たち》や弓矢を取り上げると、一か所だけおれの縄《なわ》を切った。「今度《こんど》はおれの身の上だ。」――おれは盗人が藪《やぶ》の外へ、姿を隠《かく》してしまう時に、こう呟《つぶや》いたのを覚えている。そのあとはどこも静かだった。いや、まだ誰かの泣く声がする。おれは縄を解きながら、じっと耳を澄《す》ませてみた。が、その声も気がついてみれば、おれ自身の泣いている声だったではないか？（三度《みたび》、長き沈黙《ちんもく》）

おれはやっと杉の根から、疲《つか》れ果てた体を起こした。おれの前には妻が落とした、小刀《さすが》が一つ光っている。おれはそれを手にとると、一突《ひとつ》きにおれの胸へ刺した。何か腥《なまぐさ》い塊《かたまり》がおれの口へこみ上げて来る。が、苦しみは少しもない。ただ胸が冷《つめ》たくなると、いっそうあたりがしんとしてしまった。ああ、なんという静かさだろう。この山陰《やまかげ》の藪《やぶ》の空には、小鳥一羽囀《さえず》りに来ない。ただ杉や竹の杪《うら》[26]に、寂《さび》しい日影《ひかげ》が漂《ただよ》っている。日影が、――それもしだいに薄《うす》れて来る。もう杉や竹も見えない。おれはそこに倒《たお》れたまま、深い静かさに包《つつ》まれている。

その時誰か忍《しの》び足《あし》に、おれの側《そば》へ来たものがある。おれはそちらを見ようとした。が、おれのまわりには、いつか薄闇《うすやみ》が立ちこめている。誰か、——その誰かは見えない手に、そっと胸の小刀《さすが》を抜いた。同時におれの口の中には、もう一度血潮《ちしお》が溢《あふ》れて来る。おれはそれぎり永久に、中有《ちゅうう》の闇へ沈《しず》んでしまった。…………………………

（一九二二年一月）

六《ろく》の宮《みや》の姫君《ひめぎみ》

一

六《ろく》の宮《みや》の姫君《ひめぎみ》の父は、古い宮腹《みやばら》の生まれだった。が、時勢《じせい》にも遅《おく》れがちな、昔気質《むかしかたぎ》の人だったから、官も兵部大輔《ひょうぶのたいふ》*1より昇《のぼ》らなかった。姫君はそういう父母《ちちはは》といっしょに、六の宮のほとりにある、木高《こだか》い屋形《やかた》に住まっていた。六の宮の姫君というのは、その土地の名前に拠《よ》ったのだった。

父母《ちちはは》は姫君を寵愛《ちょうあい》した。しかしやはり昔風に、進んでは誰《たれ》にもめあわせなかった。誰かいい寄る人があればと、心待ちに待つばかりだった。姫君も父母の教え通り、つつましい朝夕《あさゆう》を送っていた。それは悲しみも知らないと同時に、喜びも知らない生涯《しょうがい》だった。が、世間見ずの姫君は、格別不満も感じなかった。「父母さえ達者《たっしゃ》でいてくれればいい。」——姫君はそう思っていた。

古い池に枝垂《しだ》れた桜は、年ごとに乏《とぼ》しい花を開いた。そのうちに姫君もいつのまにか、大人寂《おとなさ》びた美しさを具《そな》え出した。が、頼《たの》みに思った父は、年ごろ酒を過ごしたために、突然故人《こじん》になってしまった。のみならず母も半年ほどのうちに、返らない歎《なげ》きを重ねた揚句《あげく》、とうとう父の跡《あと》を追って行った。姫君は悲しいというよりも、途方《とほう》に暮《く》れずにはいられなかった。実際ふところ子《ご》の姫君にはたった一人の乳母《うば》のほかに、たよるものは何もないのだった。

乳母はけなげにも姫君のために、骨身を惜《お》しまず働き続けた。が、家に持ち伝えた螺鈿《らでん》の手筥《てばこ》や白がねの香炉《こうろ》は、いつか一つずつ失われて行った。と同時に召使《めしつか》いの男女も、誰からか暇《ひま》をとり始めた。姫君にも暮《く》らしの辛《つら》いことは、だんだんはっきりわかるようになった。しかしそれをどうすることも、姫君の力には及《およ》ばなかった。姫君は寂《さび》しい屋形《やかた》の対《たい》*2に、やはり昔と少しも変わらず、琴《こと》をひいたり歌を詠《よ》んだり、単調な遊びを繰《く》り返していた。

するとある秋の夕ぐれ、乳母は姫君の前へ出ると、考え考えこんなことをいった。

「甥《おい》の法師《ほうし》の頼《たの》みますには、丹波《たんば》の前司《ぜんじ》*3なにがしの殿《との》が、あなた様に会わせていただきたいとか申しているそうでございます。前司はかたちも美しいうえ、心ばえも善《よ》いそうでございますし、前司の父も受領《ずりよう》*4とは申せ、近い上達部《かんだちめ》*5の子でもございますから、お会いになってはいかがでございましょう？　かように心細い暮《く》らしをなさいますよりも、少しはましかと存じますが……」

姫君は忍《しの》び音《ね》に泣き初《そ》めた。その男に肌身《はだみ》を任《まか》せるのは、不如意《ふによい》な暮《く》らしを扶《たす》けるために、体を売るのも同様だった。もちろんそれも世の中には、多いということは承知していた。が、現在そうなってみると、悲しさはまた格別だった。姫君は乳母と向き合ったまま、葛《くず》の葉を吹き返す風の中に、いつまでも袖《そで》を顔にしていた。……………

二

しかし姫君《ひめぎみ》はいつのまにか、夜《よ》ごとに男と会うようになった。男は乳母《うば》の言葉通りやさしい心の持ち主だった。顔かたちもさすがにみやびていた。そのうえ姫君の美しさに、なにもかも忘れていることは、ほとんど誰の目にも明らかだった。姫君ももちろんこの男に、悪い心は持たなかった。時には頼《たの》もしいと思うこともあった。が、蝶鳥《ちようとり》の几帳《きちよう》*6を立てた陰《かげ》に、灯台《とうだい》の光を眩《まぶ》しがりながら、男と二人むつびあう時にも、嬉《うれ》しいとは一夜《ひとよ》も思わなかった。

そのうちに屋形《やかた》は少しずつ、花やかな空気を加えはじめた。黒棚《くろだな》や簾《すだれ》も新《あら》たになり、召使《めしつか》いの数も殖《ふ》えたのだった。乳母はもちろん以前よりも、活《い》き活《い》きと暮《く》らしを取り賄《まかな》った。しかし姫君はそういう変化《へんか》も、寂《さび》しそうに見ているばかりだった。

ある時雨《しぐれ》の渡った夜《よ》、男は姫君と酒を酌《く》みながら、丹波《たんば》の国にあったという、気味《きみ》の悪い話をした。出雲路《いずもじ》へ下《くだ》る旅人が大江山《おおえやま》の麓《ふもと》に宿《やど》を借りた。宿の妻はちょうどその夜、無事に女の子を産み落とした。すると旅人は生家《うぶや》の中から、何とも知れぬ大男が、急ぎ足に外へ出て来るのを見た。大男はただ「年《とし》は八歳、命《めい》は自害《じがい》」といい捨《す》てたなり、たちまちどこかへ消えてしまった。旅人はそれから九年めに、今度《こんど》は京へ上《のぼ》る途中《とちゅう》、同じ家に宿ってみた。ところが実際女の子は、八つの年に変死《へんし》していた。しかも木から落ちた拍子《ひょうし》に、鎌《かま》を喉《のど》へ突き立てていた。――話はだいたいこういうのだった。姫君はそれを聞いた時に、宿命《しゅくめい》のせんなさに脅《おびや》かされた。その女の子に比べれば、この男を頼《たの》みに暮《く》らしているのは、まだしも仕合《しあわ》せに違いなかった。

「なりゆきに任《まか》せるほかはない。」――姫君はそう思いながら、顔だけはあでやかにほほ笑《え》んでいた。

屋形《やかた》の軒《のき》に当たった松は、何度も雪に枝を折られた。姫君は昼は昔のように、琴《こと》をひいたり双六《すごろく》を打ったりした。夜は男と一つ褥《しとね》に、水鳥《みずどり》の池に下りる音を聞いた。それは悲しみも少ないと同時に、喜びも少ない朝夕《あさゆう》だった。が、姫君はあいかわらず、この懶《ものう》い安らかさの中に、はかない満足を見出《みいだ》していた。

しかしその安らかさも、思いのほか急に尽《つ》きる時が来た。やっと春の返ったある夜《よ》、男は姫君と二人になると、「そなたに会うのも今宵《こよい》ぎりじゃ」と、いいにくそうに口を切った。男の父は今度《こんど》の除目《じもく》*7に、陸奥《むつ》の守《かみ》に任ぜられた。男もそのために雪の深い奥へ、いっしょに下《くだ》らねばならなかった。もちろん姫君と別れるのは、何よりも男には悲しかった。が、姫君を妻にしたのは、父にも隠《かく》していたのだから、今さら打ち明けることはできにくかった。男はため息をつきながら、長々とそういう事情を話した。

「しかし五年たてば任終《にんはて》じゃ。その時を楽しみに待ってたもれ。」

姫君はもう泣き伏《ふ》していた。たとい恋しいとは思わぬまでも、頼《たの》みにした男と別れるのは、言葉には尽《つ》くせない悲しさだった。男は姫君の背《せな》を撫《な》でては、いろいろ慰《なぐさ》めたり励《はげ》ましたりした。が、これも二言《ふたこと》めには、涙に声を曇《くも》らせるのだった。

そこへ何も知らない乳母は、年の若い女房《にょうぼう》たちと、銚子《ちょうし》や高坏《たかつき》を運んで来た。古い池に枝垂《しだ》れた桜も、蕾《つぼみ》を持ったことを話しながら。……

三

六年めの春は返って来た。が、奥へ下《くだ》った男は、ついに都《みやこ》へは帰らなかった。その間に召使《めしつか》いは一人も残らず、ちりぢりにどこかへ立ち退《の》いてしまうし、姫君《ひめぎみ》の住んでいた東の対《たい》もある年の大風に倒《たお》れてしまった。姫君はそれ以来乳母《うば》といっしょに侍の廊《ほそどの》*8を住居《すまい》にしていた。そこは住居とはいうものの、手狭《てぜま》でもあれば住み荒《あ》らしてもあり、僅《わず》かに雨露《あめつゆ》の凌《しの》げるだけだった。乳母はこの廊《ほそどの》へ移った当座、いたわしい姫君の姿を見ると、涙を落とさずにはいられなかった。が、またある時は理由《わけ》もないのに、腹ばかり立てていることがあった。

暮《く》らしのつらいのはもちろんだった。棚《たな》の厨子《ずし》*9はとうの昔、米や青菜《あおな》に変わっていた。今では姫君の袿《うちぎ》や袴《はかま》も身についているほかは残らなかった。乳母は焚《た》き物《もの》に事を欠けば、立ち腐《ぐさ》れになった寝殿《しんでん》へ、板を剝《は》ぎに出かけるくらいだった。しかし姫君は昔の通り、琴《こと》や歌に気を晴らしながら、じっと男を待ち続けていた。

するとその年の秋の月夜、乳母は姫君の前へ出ると、考え考えこんなことをいった。

「殿《との》はもうお帰りにはなりますまい。あなた様も殿のことは、お忘れになってはいかがでございましょう。ついてはこのごろある典薬之助《てんやくのすけ》*10が、あなた様にお会わせ申せと、責め立てているのでございますが、……」

姫君はその話を聞きながら、六年以前《まえ》のことを思い出した。六年以前《まえ》には、いくら泣いても、泣き足りないほど悲しかった。が、今は体も心もあまりにそれには疲《つか》れていた。

「ただ静かに老い朽《く》ちたい。」……そのほかは何も考えなかった。姫君は話を聞き終わると、白い月を眺《なが》めたなり、懶《もの》うげにやつれた顔を振った。

「わたしはもう何もいらぬ。生きようとも死のうとも一《ひと》つ事《こと》じゃ。……」

＊　＊　＊　＊　＊

ちょうどこれと同じ時刻、男は遠い常陸《ひたち》の国の屋形《やかた》に、新しい妻と酒を斟《く》んでいた。妻は父の目がねにかなった、この国の守《かみ》の娘だった。

「あの音は何じゃ?」

男はふと驚いたように、静かな月明かりの軒《のき》を見上げた。その時なぜか男の胸には、はっきり姫君の姿が浮かんでいた。

「栗《くり》の実が落ちたのでございましょう。」

常陸の妻はそう答えながら、ふつつかに銚子《ちょうし》の酒をさした。

四

男が京へ帰ったのは、ちょうど九年めの晩秋だった。男と常陸《ひたち》の妻の族《うから》*11と、——彼らは京へはいる途中《とちゅう》、日がらの悪いのを避《さ》けるために、三、四日粟津《あわづ》*12に滞在《たいざい》した。それから京へはいる時も、昼の人目に立たないように、わざと日の暮《くれ》を選ぶことにした。男は鄙《ひな》にいる間も、二、三度京の妻のもとへ、懇《ねんご》ろな消息《しょうそく》をことづけてやった。が、使いが帰らなかったり、幸《さいわ》い帰って来たと思えば、姫君《ひめぎみ》の屋形《やかた》がわからなかったり、一度も返事は手に入らなかった。それだけに京へはいったとなると、恋しさもまた一層《ひとしお》だった。男は妻の父の屋形へ無事に妻を送りこむが早いか、旅仕度《たびじたく》も解かずに六《ろく》の宮《みや》へ行った。

六の宮へ行って見ると、昔あった四足《よつあし》の門も、檜皮葺《ひわだぶ》きの寝殿《しんでん》や対《たい》も、ことごとく今はなくなっていた。その中にただ残っているのは、崩《くず》れ残りの築土《ついじ》だけだった。男は草の中に佇《たたず》んだまま、茫然《ぼうぜん》と庭《にわ》の跡《あと》を眺《なが》めまわした。そこには半《なか》ば埋《うず》もれた池に、水葱《なぎ》が少し作ってあった。水葱はかすかな新月の光に、ひっそりと葉を簇《むらが》らせていた。

男は政所《まんどころ》と覚《おぼ》しいあたりに、傾《かたむ》いた板屋《いたや》のあるのを見つけた。板屋の中には近寄って見ると、誰か人影《ひとかげ》もあるらしかった。男は闇《やみ》を透《す》かしながら、そっとその人影に声をかけた。すると月明かりによろぼい出たのは、どこか見覚えのある老尼《ろうに》だった。

尼《あま》は男に名のられると、何もいわずに泣き続けた。そののちやっと途《と》切《ぎ》れ途切れに、姫君の身の上を話し出した。

「お見忘れでもございましょうが、手前《てまえ》は御内《みうち》に仕《つか》えておった、はした女《め》の母でございます。殿《との》がお下《くだ》りになってからも、娘はまだ五年ばかり、ご奉公《ほうこう》いたしておりました。が、そのうちに夫とともども、但馬《たじま》へ下ることになりましたから、手前もその節娘といっしょに、お暇《いとま》を頂《いただ》いたのでございます。ところがこのごろ姫君のことが、何かと心にかかりますので、手前一人京へ上《のぼ》ってみますと、ごらんの通りお屋形《やかた》も何もなくなっているのでございませんか？　姫君もどこへいらっしゃったことやら、——実は手前もさきごろから、途方《とほう》に暮《く》れているのでございます。殿はご存じもございますまいが、娘がご奉公申しておった間も、姫君のお暮らしのおいたわしさは、申しようもないくらいでございました。……」

男は一部始終《しじゆう》を聞いたのち、この腰の曲がった尼に、下の衣《ころも》を一枚脱《ぬ》いで渡した。それから頭《かしら》を垂《た》れたまま、黙然《もくねん》と草の中を歩《あゆ》み去った。

五

男は翌日から姫君《ひめぎみ》を探《さが》しに、洛中《らくちゆう》を方々《ほうぼう》歩きまわった。が、どこへどうしたのか、容易に行《ゆ》き方《がた》はわからなかった。

すると何日かのちの夕ぐれ、男はむら雨《さめ》を避《さ》けるために、朱雀門《すざくもん》*13の前にある、西の曲《きよく》殿《でん》*14の軒下《のきした》に立った。そこにはまだ男のほかにも、物乞《ものご》いらしい法師《ほうし》が一人、やはり雨止《あまや》みを待ちわびていた。雨は丹《に》塗《ぬ》りの門の空に、寂《さび》しい音を立て続けた。男は法師を尻目《しりめ》にしながら、苛立《いらだ》たしい思いを紛《まぎ》らせたさに、あちこち石畳《いしだたみ》を歩いていた。そのうちにふと男の耳は、薄暗《うすぐら》い窓《まど》の櫺子《れんじ》*15の中に、人のいるらしいけはいを捉《とら》えた。男はほとんど何の気なしに、ちらりと窓を覗《のぞ》いて見た。

窓の中には尼《あま》が一人、破《やぶ》れた筵《むしろ》をまといながら、病人らしい女を介抱《かいほう》していた。女は夕ぐれの薄明《うすあ》かりにも、無気味《ぶきみ》なほど痩《や》せ枯《が》れているらしかった。しかしその姫君に違いないことは、一目見ただけでも十分だった。男は声をかけようとした。が、浅《あさ》ましい姫君の姿を見ると、なぜかその声が出せなかった。姫君は男のいるのも知らず、破れ筵の上に寝《ね》反《がえ》りを打つと、苦しそうにこんな歌を詠《よ》んだ。

「たまくらのすきまの風もさむかりき、身はならはしのものにざりける。」

男はこの声を聞いた時、思わず姫君の名前を呼んだ。姫君はさすがに枕《まくら》を起こした。が、男を見るが早いか、何かかすかに叫《さけ》んだきり、また筵《むしろ》の上に俯伏《うつぶ》してしまった。尼《あま》は、——あの忠実な乳母《うば》は、そこへ飛びこんだ男といっしょに、慌《あわ》てて姫君を抱き起こした。しかし抱き起こした顔を見ると、乳母はもちろん男さえも、いっそう慌《あわ》てずにはいられなかった。

乳母はまるで気の狂《くる》ったように、乞食法師《こじきほうし》のもとへ走り寄った。そうして臨終《りんじゅう》の姫君のために、何なりとも経《きょう》を読んでくれといった。法師は乳母の望み通り、姫君の枕《まくら》もとへ座を占《し》めた。が、経文《きょうもん》を読誦《どくじゅ》する代わりに、姫君へこう言葉をかけた。

「往生《おうじょう》は人手《ひとで》に出来るものではござらぬ。ただご自身怠《おこた》らずに、阿弥陀仏《あみだぶつ》の御名《みな》をお唱《とな》えなされ。」

姫君は男に抱かれたまま、細ぼそと仏名《ぶつみょう》を唱《とな》え出した。と思うと恐ろしそうに、じっと門の天井《てんじょう》を見つめた。

「あれ、あそこに火の燃える車が、……」

「そのような物にお恐れなさるな。御仏《みほとけ》さえ念《ねん》ずればよろしゅうござる。」

法師はやや声を励《はげ》ました。すると姫君はしばらくののち、また夢うつつのように呟《つぶや》き出した。

「金色《こんじき》の蓮華《れんげ》が見えまする。天蓋《てんがい》のように大きい蓮華が、……」

法師は何かいおうとした。が、今度《こんど》はそれよりもさきに、姫君が切れぎれに口を開いた。

「蓮華《れんげ》はもう見えませぬ。跡《あと》にはただ暗い中に、風ばかり吹いておりまする。」

「一心《いっしん》に仏名《ぶつみょう》をお唱《とな》えなされ。なぜ一心にお唱えなさらぬ？」

法師はほとんど叱《しか》るようにいった。が、姫君は絶え入りそうに、同じことを繰《く》り返すばかりだった。

「何も、——何も見えませぬ。暗い中に風ばかり、——冷《つめ》たい風ばかり吹いて参りまする。」

男や乳母は涙を呑《の》みながら、口の内に弥陀《みだ》を念《ねん》じ続けた。法師ももちろん合掌《がっしょう》したまま、姫君の念仏を扶《たす》けていた。そういう声の雨に交《まじ》る中に、破《やぶ》れ筵《むしろ》を敷《し》いた姫君は、だんだん死に顔に変わって行った。……………

六

それから何日かのちの月夜、姫君《ひめぎみ》に念仏を勧《すす》めた法師《ほうし》は、やはり朱雀門《すざくもん》の前の曲殿《きょくでん》に、破《や》れ衣《ごろも》の膝《ひざ》を抱《かか》えていた。するとそこへ侍が一人、悠々《ゆうゆう》と何か歌いながら、月明かりの大《おお》路《じ》を歩いて来た。侍は法師の姿を見ると、草履《ぞうり》の足を止めたなり、さりげないように声をかけた。

「このごろこの朱雀門のほとりに、女の泣き声がするそうではないか？」

法師は石畳《いしだたみ》に蹲《うずく》まったまま、たった一言《ひとこと》返事をした。

「お聞きなされ。」

侍はちょいと耳を澄《す》ませた。が、かすかな虫の音《ね》のほかは、何一つ聞こえるものもなかった。あたりにはただ松の匂《にお》いが、夜気《やき》に漂《ただよ》っているだけだった。侍は口を動かそうとした。しかしまだ何もいわないうちに、突然どこからか女の声が、細ぼそと歎《なげ》きを送って来た。

侍は太刀《たち》に手をかけた。が、声は曲殿の空に、ひとしきり長い尾を引いたのち、だんだんまたどこかへ消えて行った。

「御仏《みほとけ》を念《ねん》じておやりなされ。——」

法師は月光に顔を擡《もた》げた。

「あれは極楽《ごくらく》も地獄《じごく》も知らぬ、腑甲斐《ふがい》ない女の魂《たましい》でござる。御仏《みほとけ》を念《ねん》じておやりなされ。」

しかし侍は返事もせずに、法師の顔を覗《のぞ》きこんだ。と思うと驚いたように、その前へいきなり両手をついた。

「内記《ないき》の上人《しょうにん》ではございませんか？　どうしてまたこのような所に——」

在俗《ざいぞく》の名は慶滋《よししげ》の保胤《やすたね》、世に内記の上人というのは、空也《くうや》上人の弟子《でし》の中にも、やんごとない高徳の沙門《しゃもん》だった。

（一九二二年八月）

舞《ぶ》踏《とう》会《かい》

一

明治十九年十一月三日の夜であった。当時十七歳だった――家《け》の令嬢《れいじょう》明子《あきこ》は、頭の禿《は》げた父親といっしょに、今夜《こんや》の舞踏会《ぶとうかい》が催《もよお》さるべき鹿鳴館《ろくめいかん》*1の階段を上《のぼ》って行った。明るい瓦《ガ》斯《ス》の光に照らされた、幅《はば》の広い階段の両側には、ほとんど人工に近い大輪の菊の花が、三重の籬《まがき》*2を造《つく》っていた。菊は一番奥のがうす紅《べに》、中ほどのが濃《こ》い黄色、一番前のがまっ白な花びらを流蘇《ふさ》のごとく乱《みだ》しているのであった。そうしてその菊の籬《まがき》の尽《つ》きるあたり、階段の上の舞踏室からは、もう陽気な管絃楽《かんげんがく》の音《ね》が、抑《おさ》えがたい幸福の吐息《といき》のように、休みなく溢《あふ》れて来るのであった。

明子はつとに仏蘭西語《フランスご》と舞踏との教育を受けていた。が、正式の舞踏会に臨《のぞ》むのは、今《こん》夜《や》がまだ生まれてはじめてであった。だから彼女は馬車の中でも、おりおり話しかける父親に、上《うわ》の空《そら》の返事ばかり与えていた。それほど彼女の胸の中には、愉快《ゆかい》なる不安とでも形容すべき、一種の落ち着かない心もちが根を張っていたのであった。彼女は馬車が鹿鳴館の前に止まるまで、何度いらだたしい眼《め》を挙《あ》げて、窓の外に流れて行く東京の町の乏《とぼ》しい灯火《ともしび》を、見つめたことだか知れなかった。

が、鹿鳴館の中へはいると、まもなく彼女はその不安を忘れるような事件に遭遇《そうぐう》した。というのは階段のちょうど中ほどまで来かかった時、二人は一足先に上《のぼ》って行く支那《シナ》の大官に追いついた。すると大官は肥満した体を開いて、二人を先へ通らせながら、呆《あき》れたような視線を明子へ投げた。初々《ういうい》しい薔薇色《ばらいろ》の舞踏服、品《ひん》よく頸《くび》へかけた水色のリボン、それから濃《こ》い髪に匂《にお》っているたった一輪の薔薇の花――実際その夜の明子の姿は、この長い辮髪《べんぱつ》*3を垂《た》れた支那の大官の眼《め》を驚かすべく、開化の日本の少女の美を遺憾《いかん》なく具《そな》えていたのであった。と思うとまた階段を急ぎ足に下りて来た、若い燕尾服《えんびふく》の日本人も、途中《とちゅう》で二人にすれ違いながら、反射的にちょいと振り返って、やはり呆《あき》れたような一瞥《いちべつ》を明子の後ろ姿に浴《あ》びせかけた。それからなぜか思いついたように、白い襟飾《ネクタイ》へ手をやってみて、また菊の中を忙《いそが》しく玄関《げんかん》の方へ下りて行った。

二人が階段を上《のぼ》りきると、二階の舞踏室の入口には、半白《はんぱく》の頰鬚《ほおひげ》を蓄《たくわ》えた主人役の伯爵《はくしやく》が、胸間《きょうかん》にいくつかの勲章《くんしょう》を帯《お》びて、路易《ルイ》十五世式の装《よそお》い*4を凝《こ》らした年上の伯爵夫人といっしょに、大様《おおよう》に客を迎《むか》えていた。明子はこの伯爵でさえ、彼女の姿を見た時には、その老獪《ろうかい》らしい顔のどこかに、一瞬間《いつしゅんかん》無邪気な驚嘆《きょうたん》の色が去来《きょらい》したのを見のがさなかった。人のよい明子の父親は、嬉《うれ》しそうな微笑《びしょう》を浮かべながら、伯爵とその夫人とへ手短《てみじか》に娘を紹介した。彼女は羞恥《しゅうち》と得意とをかわるがわる味わった。が、その暇《ひま》にも権高《けんだか》な伯爵夫人の顔だちに、一点下品な気があるのを感づくだけの余裕《よゆう》があった。

　舞踏室の中にもいたるところに、菊の花が美しく咲き乱《みだ》れていた。そうしてまたいたるところに、相手を待っている婦人たちのレエスや花や象牙《ぞうげ》の扇《おうぎ》が、爽《さわ》やかな香水の匂《にお》いの中に、音のない波のごとく動いていた。明子はすぐに父親とわかれて、その綺羅《きら》びやかな婦人たちのある一団といっしょになった。それは皆《みな》同じような水色や薔薇《ばら》色《いろ》の舞踏服を着た、同年輩《どうねんぱい》らしい少女であった。彼らは彼女を迎《むか》えると、小鳥のようにさざめき立って、口々に今夜《こんや》の彼女の姿が美しいことを褒《ほ》め立てたりした。

　が、彼女がその仲間へはいるやいなや、見知らない仏蘭西《フランス》の海軍将校が、どこからか静かに歩《あゆ》み寄った。そうして両腕を垂《た》れたまま、ていねいに日本風の会釈《えしやく》をした。明子はかすかながら血の色が、頬《ほお》に上《のぼ》って来るのを意識《いしき》した。しかしその会釈が何を意味するかは、問うまでもなく明らかだった。だから彼女は手にしていた扇《おうぎ》を預《あず》かってもらうべく、隣《となり》に立っている水色の舞踏服の令嬢《れいじょう》をふり返った。と同時に意外にも、その仏蘭西の海軍将校は、ちらりと頬に微笑《びしょう》の影《かげ》を浮かべながら、異様《いよう》なアクサン[*5]を帯《お》びた日本語で、はっきりと彼女にこういった。

「いっしょに踊《おど》ってはくださいませんか。」

まもなく明子《あきこ》は、その仏蘭西《フランス》の海軍将校と、「美しく青きダニウブ」*6のヴァルス*7を踊《おど》っていた。相手の将校は、頬《ほお》の日に焼けた、眼鼻《めはな》立ちの鮮《あざ》やかな、濃《こ》い口髭《くちひげ》のある男であった。彼女はその相手の軍服の左の肩に、長い手袋を嵌《は》めた手を預《あず》くべく、あまりに背《せい》が低かった。が、場馴《ばな》れている海軍将校は、巧《たく》みに彼女をあしらって、軽々《かるがる》と群集《ぐんしゅう》の中を舞《ま》い歩いた。そうして時々彼女の耳に、愛想のよい仏蘭西語のお世辞《せじ》さえも囁《ささや》いた。

彼女はその優しい言葉に、恥ずかしそうな微笑《びしょう》を酬《むく》いながら、時々彼らが踊《おど》っている舞《ぶ》踏室《とうしつ》の周囲へ眼《め》を投げた。皇室の御紋章《ごもんしょう》を染《そ》め抜いた紫縮緬《むらさきちりめん》の幔幕《まんまく》や、爪《つめ》を張った蒼竜《そうりゅう》が身をうねらせている支那の国旗の下には、花瓶《かびん》花瓶の菊の花が、あるいは軽快な銀色を、あるいは陰鬱《いんうつ》な金色を、人波の間にちらつかせていた。しかもその人波は、三鞭酒《シャンパニエ》*8のように湧《わ》き立って来る、花々しい独逸管絃楽《ドイツかんげんがく》の旋律《せんりつ》の風に煽《あお》られて、しばらくも目まぐるしい動揺《どうよう》をやめなかった。明子はやはり踊っている友達の一人と眼を合わすと、互いに愉快《ゆかい》そうな頷《うなず》きを忙《せわ》しい中に送り合った。が、その瞬間《しゅんかん》には、もう違った踊り手が、まるで大きな蛾《が》が狂《くる》うように、どこからかそこへ現れていた。

しかし明子はその間にも、相手の仏蘭西《フランス》の海軍将校の眼《め》が、彼女の一挙一動に注意しているのを知っていた。それはまったくこの日本に慣《な》れない外国人が、いかに彼女の快活な舞踏ぶりに、興味があったかを語るものであった。こんな美しい令嬢《れいじょう》も、やはり紙と竹との家の中に、人形のごとく住んでいるのであろうか。そうして細い金属《きんぞく》の箸《はし》で、青い花の描《か》いてある手のひらほどの茶碗《ちゃわん》から、米粒《こめつぶ》を挟《はさ》んで食べているのであろうか。――彼の眼の中にはこういう疑問が、何度も人懐《ひとなつ》かしい微笑《びしょう》と共に往来《おうらい》するようであった。明子にはそれが可笑《おか》しくもあれば、同時にまた誇《ほこ》らしくもあった。だから彼女の華奢《きゃしゃ》な薔薇《ばら》色《いろ》の踊《おど》り靴《ぐつ》は、物珍《ものめずら》しそうな相手の視線がおりおり足もとへ落ちるたびに、いっそう身軽く滑《なめ》らかな床《ゆか》の上を辷《すべ》って行くのであった。

が、やがて相手の将校は、この児猫《こねこ》のような令嬢《れいじょう》の疲《つか》れたらしいのに気がついたと見えて、劬《いたわ》るように顔を覗《のぞ》きこみながら、

「もっと続けて踊《おど》りましょうか。」

「ノン・メルシイ。」

明子は息をはずませながら、今度《こんど》ははっきりとこう答えた。

するとその仏蘭西《フランス》の海軍将校は、まだヴァルスの歩《あゆ》みを続けながら、前後左右に動いているレエスや花の波を縫《ぬ》って、壁側《かべぎわ》の花瓶《かびん》の菊の方へ、悠々《ゆうゆう》と彼女を連れて行った。そうして最後の一廻転《かいてん》の後、そこにあった椅子《いす》の上へ、鮮《あざ》やかに彼女を掛けさせると、自分はいったん軍服の胸を張って、それからまた前のようにうやうやしく日本風の会釈《えしゃく》をした。

その後またポルカやマズュルカ*9を踊《おど》ってから、明子《あきこ》はこの仏蘭西《フランス》の海軍将校と腕を組んで、白と黄とうす紅《べに》と三重の菊の籬《まがき》の間を、階下の広い部屋《へや》へ下りて行った。

ここには燕尾《えんび》服《ふく》や白い肩がしっきりなく去来する中に、銀や硝子《ガラス》の食器類に蔽《おお》われたいくつかの食卓が、あるいは肉と松露《しょうろ》*10との山を盛《も》り上げたり、あるいはサンドウィッチとアイスクリイムとの塔《とう》を聳立《そばだ》てたり、あるいはまた柘榴《ざくろ》と無花果《いちじく》との三角塔を築いたりしていた。殊《こと》に菊の花が埋《うず》め残した、部屋の一方の壁上《へきじょう》には、巧《たく》みな人工の葡萄蔓《ぶどうづる》が青々とからみついている、美しい金色の格子《こうし》があった。そうしてその葡萄の葉の間には、蜂《はち》の巣のような葡萄の房《ふさ》が、累々《るいるい》と紫《むらさき》に下がっていた。明子はその金色の格子の前に、頭の禿《は》げた彼女の父親が、同年輩《どうねんぱい》の紳士《しんし》と並《なら》んで、葉巻を啣《くわ》えているのに遇《あ》った。父親は明子の姿を見ると、満足そうにちょいと頷《うなず》いたが、それぎり連れの方を向いて、また葉巻を燻《くゆ》らせ始めた。

仏蘭西《フランス》の海軍将校は、明子と食卓の一つへ行って、いっしょにアイスクリイムの匙《さじ》を取った。彼女はその間も相手の眼《め》が、おりおり彼女の手や髪や水色のリボンを掛けた頸《くび》へ注《そそ》がれているのに気がついた。それはもちろん彼女にとって、不快なことでもなんでもなかった。が、ある刹那《せつな》には女らしい疑《うたが》いも閃《ひらめ》かずにはいられなかった。そこで黒い天鵞絨《びろうど》の胸に赤い椿《つばき》の花をつけた、独逸人《ドイツじん》らしい若い女が二人の傍《そば》を通った時、彼女はこの疑いを仄《ほの》めかせるために、こういう感歎《かんたん》の言葉を発明した。

「西洋の女の方《かた》はほんとうにお美しゅうございますこと。」

海軍将校はこの言葉を聞くと、思いのほか真面目《まじめ》に首を振った。

「日本の女の方も美しいです。殊《こと》にあなたなぞは――」

「そんなことはございませんわ。」

「いえ、お世辞《せじ》ではありません。そのますぐに巴里《パリー》の舞踏会《ぶとうかい》へも出られます。そうしたら皆《みんな》が驚くでしょう。ワットオ[*11]の画《え》の中のお姫様《ひめさま》のようですから。」

明子はワットオを知らなかった。だから海軍将校の言葉が呼び起こした、美しい過去の幻《まぼろし》も――仄暗《ほのぐら》い森の噴水《ふんすい》と凋《すが》れて行く薔薇《ばら》との幻も、一瞬《いっしゅん》ののちには名残《なご》りなく消え失《う》せてしまわなければならなかった。が、人一倍感じの鋭《するど》い彼女は、アイスクリイムの匙《さじ》を動かしながら、僅《わず》かにもう一つ残っている話題に縋《すが》ることを忘れなかった。

「私《わたし》も巴里《パリー》の舞踏会へ参ってみとうございますわ。」

「いえ、巴里の舞踏会もまったくこれと同じことです。」

海軍将校はこういいながら、二人の食卓を繞《めぐ》っている人波と菊の花とを見廻《みまわ》したが、たちまち皮肉な微笑《びしょう》の波が瞳《ひとみ》の底に動いたと思うと、アイスクリイムの匙《さじ》を止めて、

「巴里ばかりではありません。舞踏会はどこでも同じことです。」と半《なか》ば独《ひと》り語《ごと》のようにつけ加えた。

一時間ののち、明子《あきこ》と仏蘭西《フランス》の海軍将校とは、やはり腕を組んだまま、大勢《おおぜい》の日本人や外国人といっしょに舞踏室《ぶとうしつ》の外にある星月夜の露台《ろだい》*12に佇《たたず》んでいた。

欄干《らんかん》一つ隔《へだ》てた露台《ろだい》の向こうには、広い庭園を埋《う》めた針葉樹《しんようじゅ》が、ひっそりと枝を交《か》わし合って、その梢《こずえ》に点々と鬼灯提灯《ほおずきぢょうちん》*13の火を透《す》かしていた。しかも冷《ひや》やかな空気の底には、下の庭園から上《のぼ》って来る苔《こけ》の匂《にお》いや落葉《おちば》の匂いが、かすかに寂《さび》しい秋の呼吸を漂《ただよ》わせているようであった。が、すぐ後ろの舞踏室では、やはりレエスや花の波が、十六菊*14を染《そ》め抜いた紫縮緬《むらさきちりめん》の幕の下に、休みない動揺《どうよう》を続けていた。そうしてまた調子の高い管絃楽《かんげんがく》のつむじ風が、あいかわらずその人間の海の上へ、用捨《ようしゃ》もなく鞭《むち》を加えていた。

もちろんこの露台《ろだい》の上からも、絶えず賑《にぎ》やかな話し声や笑い声が夜気《やき》を揺《ゆ》すっていた。まして暗い針葉樹《しんようじゅ》の空に美しい花火が揚《あ》がる時には、ほとんど人どよめきにも近い音が、一同の口から洩《も》れたこともあった。その中に交《まじ》って立っていた明子も、そこにいた懇意《こんい》の令嬢《れいじょう》たちとは、さっきから気軽《きがる》な雑談《ざつだん》を交換していた。が、やがて気がついて見ると、あの仏蘭西《フランス》の海軍将校は、明子に腕を借したまま、庭園の上の星月夜へ黙然《もくねん》と眼《め》を注《そそ》いでい

た。彼女にはそれがなんとなく、郷愁《きょうしゅう》でも感じているように見えた。そこで明子は彼の顔をそっと下から覗《のぞ》きこんで、

「お国のことを思っていらっしゃるのでしょう。」と半《なか》ば甘《あま》えるように尋《たず》ねてみた。

　すると海軍将校はあいかわらず微笑《びしょう》を含《ふく》んだ眼《め》で、静かに明子の方へ振り返った。そうして「ノン」と答える代わりに、子供のように首を振って見せた。

「でも何か考えていらっしゃるようでございますわ。」

「何だか当ててごらんなさい。」

　その時露台《ろだい》に集まっていた人々の間には、またひとしきり風のようなざわめく音が起こり出した。明子と海軍将校とはいい合わせたように話をやめて、庭園の針葉樹《しんようじゅ》を圧《あっ》している夜空の方へ眼《め》をやった。そこにはちょうど赤と青との花火が、蜘蛛手《くもで》に闇《やみ》を弾《はじ》きながら、まさに消えようとするところであった。明子にはなぜかその花火が、ほとんど悲しい気を起こさせるほどそれほど美しく思われた。

「私は花火のことを考えていたのです。我々の生《ヴィ》[*15]のような花火のことを。」

　しばらくして仏蘭西《フランス》の海軍将校は、優しく明子の顔を見下ろしながら、教えるような調子でこういった。

二

大正七年の秋であった。当年の明子《あきこ》は鎌倉《かまくら》の別荘《べっそう》へ赴《おもむ》く途中《とちゅう》、一面識《いちめんしき》のある青年の小説家と、偶然汽車の中でいっしょになった。青年はその時網棚《あみだな》の上に、鎌倉の知人へ贈るべき菊の花束を載《の》せて置いた。すると当年の明子――今のH老夫人は、菊の花を見るたびに思い出す話があるといって、詳《くわ》しく彼に鹿鳴館《ろくめいかん》の舞踏会《ぶとうかい》の思い出を話して聞かせた。青年はこの人自身の口からこういう思い出を聞くことに、多大の興味《きょうみ》を感ぜずにはいられなかった。

その話が終わった時、青年はH老夫人になにげなくこういう質問をした。

「奥様はその仏蘭西《フランス》の海軍将校の名をご存じではございませんか。」

するとH老夫人は思いがけない返事をした。

「存じておりますとも。Julien Viaud[*16]とおっしゃる方《かた》でございました。」

「ではLoti[*17]だったのでございますね。あの『お菊夫人』を書いたピエル・ロティだったのでございますね。」

青年は愉快《ゆかい》な興奮《こうふん》を感じた。が、H老夫人は不思議そうに青年の顔を見ながら何度もこう呟《つぶや》くばかりであった。

「いえ、ロティとおっしゃる方《かた》ではございませんよ。ジュリアン・ヴィオとおっしゃる方でございますよ。」

（一九二〇年一月）

【語註】

地獄変

＊1大威徳明王　五大明王の一つ。西方を守護し、頭・腕・足が六つずつあり、怒りの相をして、人々を守るための武器を持ち、水牛にのる。戦いの神としても祭られる。

＊2始皇帝　秦の初代皇帝（前二五九～前二一〇）。中国初の中央集権国家として天下を統一、自ら始皇帝と称した。万里の長城を築き焚書坑儒《ふんしょこうじゅ》（言論統制のため、思想に反する書を焼き学者を生き埋めにした）や度量衡・貨幣の統一などを行うが、没後数年で国は崩壊した。

＊3煬帝　隋の第二代皇帝（五六九～六一八）。ぜいたくを好み、権勢をふるって内乱を招き、部下に殺された。

＊4大腹中　ふとっぱらで、心のひろいこと。

＊5二条大宮の百鬼夜行　平安京の二条大宮は、百鬼夜行（妖怪変化らが、夜中に列を作って横行する）にでくわす場として知られた。

＊6融の左大臣　源融《みなもとのとおる》（八二二～八九五）。嵯峨天皇の皇子。臣籍にくだり、左大臣まで昇進。賀茂川のほとりに建てた豪勢な河原院に住んだが、死後、宇多法皇の別荘となった院に霊となって現われたという。光源氏のモデルといわれる。

＊7権者　神仏が人々を救うため、権《かり》の姿で現れたもの。

＊8内の梅花の宴　御所で行なわれる梅見の会。

＊9大饗　宮中で天皇が催す酒宴。

＊10白馬　宮中の行事で、正月七日に天皇が庭で見た青馬（青みがかった黒毛の馬）を臣下に賜る「白馬節会《あおうまのせちえ》」の馬。この日青馬を見ると一年の邪気を払うという中国の故事に由来し、のち日本では白馬とされた。

＊11橋柱　橋を架ける工事が難航したとき、完成を祈って神への捧げ物として人を埋め、犠牲《いけにえ》とした。人柱。

＊12華陀の術　医術。「華陀」は、中国後漢時代、麻酔薬を使って外科手術をしたという伝説的な名医。
＊13震旦　中国の別称。
＊14瘡　はれもの。できもの。
＊15地獄変の屏風　この世で悪事を行なった者が死後に報いを受けるとして、亡者が地獄で苦しむ様子を描いた地獄変相《へんそう》を、屏風に仕立てたもの。
＊16丁字染め　フトモモ科の常緑高木チョウジのつぼみの煮汁で染めたもの。黄色みをおびた薄茶色で、また、「香染め」と同じとされる場合もある。
＊17狩衣　公家の常用した略服。
＊18揉烏帽子　うすく漆《うるし》を塗って、やわらかにもんだ烏帽子。萎《なえ》烏帽子とも。
＊19小女房　若い侍女。「女房」は、宮中や貴族の家に仕える女性。
＊20御台様　大臣などの妻の敬称。御台盤所《ばんどころ》の略。奥方。
＊21曹司　宮中や貴族の家に設けられた官吏・女官の用部屋。
＊22遣戸　左右に開閉する引き戸。
＊23楚　むちのような細くて長い小枝。すわえ。
＊24柑子　こうじみかん。在来種で、古来より日本各地で栽培された。実は晩秋に熟して黄色くなる。
＊25紫匂の袿　「紫匂」は、表は紫、裏は薄紫色の襲《かさね》（下に着る衣服）の色目。「袿」は女子の普段着。
＊26衵　女性・童女が、上の衣と肌衣の間に着た衣服。
＊27物見車　祭礼などを見物するために乗る牛車《ぎっしゃ》。
＊28横川の僧都様　「横川」は、比叡山延暦寺の三塔（西塔《さいとう》・東塔・横川）の一つ。「僧都」は僧正に次ぐ僧官の階級。
＊29吝嗇で、慳貪で　「吝嗇」はけちで物惜しみすること。「慳貪」はよくばりで愛想のないこと。

＊30吉祥天　福徳を授ける仏教の女神。立ち姿の美しい天女として描かれることが多い。
＊31傀儡　各地をめぐり、歌に合わせてあやつり人形を舞わせたりする芸人。遊女。
＊32不動明王　五大明王の主尊。怒りの相で右手に剣、左手に縄を持ち火炎を背にして岩に座る。いっさいの悪魔を法力で従わせるという。
＊33放免　「藪の中」＊18参照。
＊34冥罰　神仏が人知れずくだす罰。天罰。
＊35川成　百済《くだらの》川成（七八二〜八五三）。平安初期の画家・貴族。精妙な写実の技の逸話が残る。
＊36金岡　巨勢《こせの》金岡（生没年不詳）。平安前期の宮廷画家。九世紀後半に活躍した、大和絵の巨勢派の祖。
＊37五趣生死　天上・人間・畜生・餓鬼・地獄の五つの世界に輪廻転生すること。
＊38横紙破り　自分の考えを押し通すこと。和紙の目は縦に通っているのに、力まかせに横に破くようなこと。
＊39かいなで　表面をひっかいたりなでたりしただけで、奥まで追究しない。通りいっぺん。一介の腕前。
＊40智羅永寿　『今昔物語』に登場する、傲慢なインドの天狗《てんぐ》の名前。比叡山の高僧に力くらべで負ける。
＊41増長慢　自信過剰に思いあがること。増上慢。
＊42喜捨　喜んで財物を寄付すること。
＊43辻冠者ばら　市中をうろつく若者ども。
＊44稚児文殊　子どもの姿をした文殊菩薩。文殊は知恵を象徴する菩薩で、釈迦如来の脇侍として獅子に乗り左側に描かれる。
＊45十王　地獄で死者を裁く十人の王。秦広《しんこう》王・初江王・宋帝王・五官王・閻魔《えんま》王・変成王・太山府君・平等王・都市王・五道輪廻王。死者は初七日から三年かけてそれぞれの王の裁きを順に受け、来世で生まれる所を決められるという。
＊46眷属　従者。手下のもの。

＊47冥官　地獄の役人。
＊48月卿雲客　公卿《くぎょう》と殿上人《てんじょうびと》（平安京内裏の清涼殿に昇ることを許された、高い身分の人）。
＊49青女房　宮中や貴族の家に仕える女性のうち、年若い者、身分の低い者。
＊50牛頭馬頭　体は人間で、頭が牛や馬の形をしている地獄の役人。
＊51生受領　実力のない国司《こくし》（地方官）。
＊52千曳の磐石　千人で綱を引かないと動かないほどの重い石。
＊53女御、更衣　いずれも天皇の側近くに仕える女官。更衣は女御の下の位。
＊54炎熱地獄　炎熱によって責め苦を受ける八大地獄の第六番目。五悪（＊82）に加え、邪見《じゃけん》の罪をおかした者が落ちるという。焦熱地獄。
＊55蔀　格子組をつけた板戸。軒の日よけや風雨よけなどに、上部のちょうつがいで開閉した。
＊56水干　水干は狩衣の一種で、公卿の私服や、元服前の少年の晴れ着にもちいられた。
＊57焼筆　柳などの枝木で作った棒の先を焼きこがし、軟質の炭にしたもの。下絵を描くのに使う。
＊58高坏　坏は器で、皿より深く碗より浅いもの。高坏は裏側の中央に一本脚をつけたもの。
＊59冥助　目には見えない神仏の助け。
＊60猿酒　サルが木のうろや岩のくぼみにためておいた果実・木の実が自然に発酵し、酒のようになったもの。
＊61更が闌けて　夜がふけて。「更」は、日没から日の出までを五等分して呼ぶ時間の単位。「闌ける」は盛りを過ぎたこと。
＊62五、六間　約九〜十一メートル。「間」は長さの単位で、一間は約一・八メートル。
＊63性得　生まれつきもっている性質。生得。
＊64よじり不動　背後の火炎がよじれたように表わされた不動明王（＊32）の像。
＊65三面六臂　三つの頭と六本の腕をもっていること。

＊66**檳榔毛の車**　ビロウ（シュロに似たヤシ科の高木）の葉を白くさらし、屋形《やかた》にふいた牛車。
＊67**上臈**　身分の高い女官、上臈女房の略。
＊68**鷙鳥**　肉食で性質の荒い鳥。
＊69**大殿油**　宮中や貴族の邸宅で、油でともす灯火。おおとなぶら。
＊70**直衣**　天皇・貴族の平常服。位による色の規則がなかった。
＊71**指貫**　狩衣（＊17）・直衣（＊70）などを着たときに着用する袴の一種。すそをひもで指し貫き、くるぶしの上でくくる。
＊72**円座**　わら縄・すげなどでうずまき状に丸く作った敷物。
＊73**腹巻**　略式鎧《よろい》の一種。胴をかこんで背中で引き合わせる。装束の下に着込むこともできた。
＊74**鷗尻**　太刀のさやじりを、カモメの尾がはねあがるように上にそらせて、腰にさすこと。
＊75**轅**　牛車の前方に差し出した二本の棒。先端に横棒をつけ、くびきで牛につないで引かせる。
＊76**榻**　牛車から牛を放したときに、ながえ（＊75）やくびきを支えたり、乗り降りのときの踏み台とする台。
＊77**浮線綾**　文様を浮き織りにした綾《あや》織物。また、大形の丸紋の名。
＊78**仕丁**　貴族の邸宅などで、雑用に従事する下男。
＊79**すべらかし黒髪**　前髪をふくらませ、後ろでそろえて束ねた髪を長くたらした髪型。
＊80**釵子**　婦人が正装のときに前髪につける金属製のかんざし。
＊81**流蘇**　糸をたばねて、その先端を散らし垂らしたもの。房。
＊82**十逆五悪**　あらゆる罪。「十逆」は、身・口《く》・意の三業《さんごう》によってつくられる「十悪」（殺生・偸盗《ちゅうとう》・邪淫・妄語・綺語《きご》・悪口《あっく》・両舌・貪欲《とんよく》・瞋恚《しんい》・邪見）を犯すこと。「五悪」は、殺生・偸盗・邪淫・妄語・飲酒《おんじゅ》。
＊83**壁代**　寝殿造りの家屋で、間仕切りの壁の代わりに御簾《みす》の内側にたらす布製のとばり。
＊84**金梨子地**　蒔絵《まきえ》の一種。漆を透かして見える梨の実の表皮のような模様に、金粉をもちいたもの。

＊85開眼　新しく作った仏像・仏画を供養して眼を点じ、魂を迎えいれ神聖な像とすること。
＊86五常　儒教で、人が常に守るべき五つの基本的道徳。仁・義・礼・智・信。

藪の中

＊1検非違使　京の犯罪・訴訟を取り締まる職。現在の警察と裁判所を兼ね、強大な権限をもった。
＊2山科　京都市東部にある山科盆地一帯をさす地名。
＊3駅路　宿駅から宿駅をむすぶ街道。
＊4四、五町　約四三六〜五四五メートル。一町は約一〇九メートル。
＊5縹　うすい藍色。
＊6さび烏帽子　しわをつけ、黒漆でかためた烏帽子。平安末期から流行した。
＊7蘇芳　黒みをおびた紅色。
＊8関山　滋賀県と京都府の境にあたり、京への入り口として関所のおかれた逢坂《おうさか》山のこと。
＊9牟子　市女笠（＊22）の周囲に、カラムシ（イラクサ科の多年草）の茎から作ったうすい布を縫いつけ、頭から身をおおうようにたらしたもの。顔をかくし、ちりよけや虫よけとして旅行のときなどにもちいた。
＊10萩重ね　襲《かさね》の色目の名。表は蘇芳（＊7）、裏は青で、秋にもちいる。
＊11月毛　トキ（鴇《つき》）の羽根のように赤みをおびた白い毛色の馬。
＊12法師髪　たてがみを坊主のように剃ってしまったさま。
＊13四寸　馬の丈を計る時、四尺（約一二〇センチメートル）を標準とし、それをこす高さを約三センチメートルごとに一寸《ひとき》、二寸《ふたき》と数え、五尺を十寸《とき》といった。ここでは四尺四寸（約一三四センチメートル）のこと。
＊14沙門　出家して仏法を修める人。僧侶。
＊15箙　矢を差し入れて背または腰に負う武具。「塗り箙」は、表面をうるし塗りにしたもの。

＊16征矢　戦闘用の矢。狩り矢・的矢などに対していう。

＊17如露亦如電　朝露や電光のように、はかなく実体がないというたとえ。

＊18放免　罪を免じられるかわりに、検非違使《けびいし》（＊1）で追補や護送などに使われた者。

＊19粟田口　東海道山科（＊2）から三条大路へ通じる京への入り口。

＊20初更ごろ　午後七～八時からの二時間の間（「地獄変」＊61）。

＊21賓頭盧　釈迦の弟子、十六羅漢の第一。日本では、この像をなでると病気が治るといわれ、なでぼとけとして広まった。

＊22市女笠　菅《すげ》などで凸型に編み、頂部が高くつきだした漆塗りの笠。

＊23樗　センダン科の落葉高木。平安時代には、獄舎の前に植えられ、罪人の斬られた首をかけてさらす獄門の木とされた。

＊24中有　仏教で、死んでのち、次の生をうけず、魂が生と死の中間にあって迷っている期間をいう。四十九日間とされる。

＊25瞋恚　はげしい怒り、憎しみ、恨み。仏教で十悪（「地獄変」＊82）の一つ。

＊26杪　こずえ。木の先。

六の宮の姫君

＊1兵部大輔　兵部省（軍事・武官の人事をつかさどる省）の次官。

＊2対　対屋《たいのや》の略。寝殿造りで、主殿の東西や北に造られた別棟の建物。東西に子女が、北に夫人が住んだ。

＊3前司　前任の国司《こくし》（朝廷から派遣された地方官）。

＊4受領　実際に任地へおもむいて政治を行なう地方長官。国司の最高責任者。

＊5上達部　摂政以下、三位《さんみ》以上の高級貴族。公卿。

＊6**几帳**　間仕切りや目隠しに使う室内調度。台の上に柱を二本立て、上に横木を渡し垂れぎぬをかけたもの。
＊7**除目**　諸官職を任命する儀式。
＊8**廊**　寝殿造りで、主殿の四周にめぐらした細長い廂《ひさし》の間《ま》を区切って、部屋にあてた所。細殿。
＊9**厨子**　調度や書画などをのせる置き戸棚。たいてい二段で、下段には戸がついている。
＊10**典薬之助**　典薬寮（医薬のことをつかさどる役所）の次官。
＊11**族**　血のつながった人。親族。
＊12**粟津**　滋賀県大津市、琵琶湖の南端部の湖畔の地。松の並木八町といわれた景勝地で、東海道五十三次最後の大津宿があり、入京する前の旅人が旅装をととのえた。
＊13**朱雀門**　平安京大内裏の南中央にある正門。ここから朱雀大路が始まり、南端の羅生門に至る。
＊14**曲殿**　大内裏の門前に置かれた守衛所。L字形の平面をもつ。
＊15**櫺子**　木・竹などの細い材を、縦または横に一定の間隔で並べた格子《こうし》。

舞踏会

＊1**鹿鳴館**　東京・日比谷にあった国際的社交場。外務卿井上馨《かおる》の欧化政策の一環として、イギリス人建築家コンドルの設計で一八八三（明治十六）年落成したレンガ造り二階建ての西洋館。上流階級の舞踏会・園遊会などが催され、欧化主義の象徴的存在となる。一九四一年に取り壊された。
＊2**籬**　丈が低く、目の粗い垣。
＊3**辮髪**　男子の頭髪を剃りあげて一部のみを丸く残し、これを編んで長く垂らした髪型。アジア北方民族の風習とされた。
＊4**路易十五世式の装い**　フランス国王ルイ十五世（一七一〇～七四）時代は、ロココ様式の最盛期。貴婦人たちは胴をコルセットで締め上げ、胸元が大きく開きパニエでスカートをふくらませたドレスを着、髪を盛

り上げて盛装した。

＊5**アクサン**　アクセントのフランス語。

＊6**美しく青きダニウブ**　オーストリアの作曲家ヨハン・シュトラウス（一八二五〜九九）の作った曲。「美しく青きドナウ」。

＊7**ヴァルス**　ワルツのフランス語。三拍子の舞曲。

＊8**三鞭酒**　シャンパン。フランスのシャンパーニュ地方産の発泡性白ブドウ酒。グラスにつぐと、炭酸ガスの細かな泡がわきたってくる。

＊9**ポルカやマズュルカ**　いずれも舞曲。ポルカは二拍子の活発な踊り。マズュルカはやや速い三拍子でポーランドの民族舞曲、マズルカ。

＊10**松露**　ショウロ科の食用キノコ。松林の浅い土中にはえ、球状または塊状をしている。

＊11**ワットオ**　アントン・ワトー（一六八四〜一七二一）。フランス・ロココ美術の代表的画家。

＊12**露台**　洋風建築で、建物から張り出した屋根のない手すり付きの台の部分。バルコニー。

＊13**鬼灯提灯**　赤い紙を張って作った、小さな丸い提灯。いくつも並べ、照明灯のようにも使われた。

＊14**十六菊**　花弁が十六枚ある菊花の紋章。「皇室の御紋章」として、また、国章代わりに、在外公館の玄関などにも使われた。現在でも旅券の表にはこの菊花紋章がある。

＊15**生**《ヴィ》　フランス語 vie。生命、人生、生涯などと訳される。

＊16**Julien Viaud**　ジュリアン・ヴィオ。ピエール・ロティ（＊17）の本名。

＊17**Loti**　フランスの作家、ピエール・ロティ（一八五〇〜一九二三）。海軍士官としてアフリカ・東洋諸国などを歴訪した体験をもとに、異国情緒に満ちた作風を確立した。『お菊夫人（お菊さん）』は一八八七年発表の長編小説。

略年譜

一八九二（明治25）　三月一日、東京市京橋区入船町に、父新原敏三、母フクの長男として生まれる。父敏三は牛乳販売業耕牧舎を営んでいた。生後八カ月、母フクが精神を病み、本所小泉町に住むフクの兄芥川道章に預けられる。

一八九八（明治31）**六歳**　四月、江東尋常小学校に入学。

一九〇二（明治35）**十歳**　四月ごろから同級生と回覧雑誌〈日の出界〉を始める。十一月二十八日、実母フクが死去（享年四十四歳）。

一九〇四（明治37）**十二歳**　八月、芥川家と正式に養子縁組を結ぶ。

一九〇五（明治38）**十三歳**　三月、江東小学校高等科三年を修了。四月、東京府立第三中学校に入学。

一九一〇（明治43）**十八歳**　三月、東京府立第三中学校を卒業。成績優秀のため、九月、第一高等学校第一部乙類に推薦入学。同級に菊池寛、久米正雄、松岡譲、山本有三らがいた。

一九一一（明治44）**十九歳**　本郷の第一高等学校の寄宿寮に入り、一年間の寮生活を送る。

一九一三（大正2）**二十一歳**　七月、第一高等学校卒業。九月、東京帝国文科大学英吉利文学科に入学。

一九一四（大正3）**二十二歳**　二月、山本有三、久米正雄、菊池寛、松岡譲らと第三次〈新思潮〉を発刊。五月、処女小説「老年」を〈新思潮〉に発表。

一九一五（大正4）**二十三歳**　十一月、〈帝国文学〉に「羅生門」を発表。十二月、漱石山房の木曜会に出席し、以後漱石門下生となる。

一九一六（大正5）**二十四歳**　二月、久米正雄、松岡譲、菊池寛らと、第四次〈新思潮〉を発刊。創刊号に掲載した「鼻」が漱石に激賞される。七月、東京帝大卒業。九月、「芋粥」を〈新小説〉に発表。十二月、横須賀の海軍機関学校の教授嘱託となり、鎌倉に下宿。同月九日、夏目漱石死去。

一九一七（大正6）**二十五歳**　五月、第一短編小説集『羅生門』を阿蘭陀書房から刊行。九月、横須賀市に転居。

十月から十一月にかけて、「戯作三昧」を〈大阪毎日新聞〉に連載。

一九一八（大正7）**二十六歳**　二月二日、塚本文と結婚。同月、大阪毎日新聞社と社友契約を結び、五月、契約第一作「地獄変」を〈大阪毎日新聞〉に連載。句作を始め、高浜虚子に師事。七月、「蜘蛛の糸」を〈赤い鳥〉創刊号に発表。同月『鼻』を刊行。九月、「奉教人の死」を〈三田文学〉に発表。

一九一九（大正8）**二十七歳**　三月、実父敏三死去（享年六十八歳）。同月、海軍機関学校教授を辞し、専属作家の待遇で大阪毎日新聞社社員となる。

一九二〇（大正9）**二十八歳**　一月、「舞踏会」を〈新潮〉に発表。四月（戸籍は三月）、長男比呂志誕生。七月、「南京の基督」を〈中央公論〉に発表。

一九二一（大正10）**二十九歳**　三月、大阪毎日新聞社の海外視察員として中国に赴く。中国各地を巡り、七月末に帰国。体調がすぐれず、さまざまな病に悩まされるようになる。

一九二二（大正11）**三十歳**　一月、「藪の中」を〈新潮〉に発表。八月、「六の宮の姫君」を〈表現〉に発表。十一月、次男多加志誕生。このころから健康状態が悪化し、執筆も衰えがちとなる。

一九二三（大正12）**三十一歳**　一月、菊池寛が創刊した〈文藝春秋〉に「侏儒の言葉」を連載（一九二五年完）。

一九二四（大正13）**三十二歳**　一月、「一塊の土」を〈新潮〉に発表。夏、軽井沢で歌人の片山広子を知る。

一九二五（大正14）**三十三歳**　四月、新潮社から「現代小説全集」の第一巻として『芥川龍之介集』を刊行。七月、三男也寸志誕生。出版社間の紛争に巻き込まれ、心労を深める。

一九二六（大正15・昭和元年）**三十四歳**　神経衰弱が昂じて不眠症に陥るなど健康状態が悪化し、療養のため湯河原、鵠沼に滞在。

一九二七（昭和2）　三月、「河童」を〈改造〉に発表。七月二十四日未明、睡眠薬により自殺。遺書・遺稿が多数残された。享年三十五歳。

美と悲しみ

中村文則

芥川龍之介をちゃんと読み始めたのは、高校生の頃だった。

元々太宰治が好きで、「確か、太宰治が芥川龍之介のことを好きだったはず……」というあやふやな知識で読み始めた。ページをつらつらめくりながら、「これ、僕に合うなあ……」としんみりしたのをよく覚えてる。

生きていると、明るさを強要されることがある。テレビをつければみんな明るいし、クラスメイト達も大体明るい。「明るく元気に！」という言葉は小さい頃《ころ》からいつも聞かされていた。僕は元々暗かったので、そんな周りに合わせるのはなかなか大変だったのである。

簡単に言えば「演技」をして生きていた。明るい演技。そんな毎日に疲れて、家に帰って、そっと小説を開く。授業中、教科書で隠して、小説を開く。そこには「自分に合う」世界が広がっていた。明るさを強要しない世界。暗くても別にいいじゃないか、と思えた。

小説を読む時くらい、本来の自分でいさせてくれとも。どんなに嫌《いや》な毎日であっても、ページを開くだけで、そこが自分の居場所になるように思えた。芥川龍之介は、当時の（そして今も）僕の大好きな作家であり、何度も救ってくれた存在だった。

そんな芥川龍之介について書かせてもらえるのだから、何だか感慨深い。しかもこの『地獄変』の四作のラインナップ、実にいい。意図的に収録されたとしか思えないほど、それぞれが対《つい》になっているかのようで絶妙だ。芥川龍之介の魅力と特徴を、存分に味わえる四作になっている。

まず『地獄変』は、三角関係、の物語ともいえる。これが父と娘だけの物語だったら、これほどの魅力は生まれないように思う。といっても、普通の恋愛の三角関係に比べると、すごく奇妙だ。

美しく清楚《せいそ》な娘。聟《むこ》をとることもしたくないほど、娘を偏愛《へんあい》する父。手元に置くことで、娘を手に入れようとする大殿様。

「うわ……」とちょっと引いてしまうような三角関係だ。この娘が実は官能的でもあるところが、この小説の裏にうずまく情念をよりリアルなものにしている。

大殿様の命令で、地獄変の屛風《びょうぶ》を描《か》くことになった父。三人は、まるで招かれるように、「ある出来事」の実現へ引き寄せられていく。父の唇は気味が悪いほど赤く、大殿様が娘に褒美《ほうび》として「紅《くれない》の袙《あこめ》」を与えていたことは、まるで何者かがこの出来事を予見していたかのようで不気味である。その「ある出来事」が終わった時、大殿様は打ちのめされ、父は人間であることを超える。ここに二人の鮮やかな立場の逆転が生まれている。

倫理の崩壊が、凄《すさ》まじいまでの芸術を出現させるという現象。

でも絵を描き終えた父は、「絵師」から「人間」に戻ってしまわなければならない。父は本当の意味で人間でいられなくなるのである。

そして『藪《やぶ》の中』も、三角関係の物語といえる。

夫、妻、盗人《ぬすびと》。ある死体をめぐる殺人ミステリーから、三人の心理ミステリーへ。この展開はたまらない。こういういい小説を読むと、思わず僕はニヤニヤしてしまう。読み終えて、「え？　これで終わり？」と思う人もいるかもしれないけど、本当の楽しみはここから始まるとも言っていい。

なぜ三人は、このように語ったのだろう？　その理由はなんだろう？　自分なりにあれこれ思いを巡らすと、徐々に、人間の情念や暗部やドロドロとしたものが現れてくる。三角形の真ん中から、「人間」の悲しみが立ち上がってくる。ちょうど『地獄変』での三角形の中央から、凄まじいものが立ち上がったのと同じように。

さらに注目すべきは、死霊《しりよう》（夫）の語りの部分で、盗人が女に自分の妻になる気はないか？　と言った時、妻がうっとりと顔を擡《もた》げるシーン。その姿を見て夫は、「おれはまだあの時ほど、美しい妻は見たことがない」と語るのである。

裏切った瞬間の妻の顔に美を見出《みいだ》してしまう。倫理の崩壊からの美。これも『地獄変』と共通している。

盗人がいずれ極刑に処せられるだろうと考えれば、男達は死に、女だけが生き残った、ということになる。


後半の二篇、『六の宮の姫君』と『舞踏会』にも、対のように共通項がある。

それは作者が、登場人物の女性を突き放している、というところだ。

『六の宮の姫君』での「あれは極楽も地獄も知らぬ、腑甲斐《ふがい》ない女の魂でござる」という言葉はなんと残酷で哀れだろう。そこからさらに最後は、なんと視点の中心も女性から法師へ移ってしまうのである。この突き放し方は何だかすごい。『舞踏会』でも最後の会話で女性は突き放されてしまう。女性の若い頃を書き、そこから急に女性が老夫人になっている残酷な時間の飛び方も、芥川がいかに人生を斜めに見ていたかが――もっと言えば、

『地獄変』での最後の墓の描写の仕方も含め――わかるかのようだ。僕はそこに作家としての芥川の上手《うま》さ、すごさ、鋭さを見るのだけど、そこに同時に芥川が抱えていた悲しみも見てしまう。

しかしながら、そんな芥川の暗さから生まれた作品群に、救われた人は大勢いる。あのような経緯からつくられた『地獄変』の屏風が、多くの人の心を打ったように。芥川の人生はかなり辛《つら》いものだったかもしれないけど、その作品群はどれも素晴らしいものだった。僕は芥川龍之介に、何度もありがとうと言いたいのである。彼の残した作品で、僕はどれだけ救われたかわからない。今この原稿を書いている僕は、あと約半年でちょうど芥川が死んでしまった年齢になるのだけど、もっと生きていこうと思っている。暗かろうが何だろうが、生きてやるのだ。

ちなみに、これらの作品は全て何かから影響を受けていたり、「元ネタ」があったりする。『宇治拾遺物語』『今昔《こんじやく》物語』『お菊夫人』など。芥川を本気で研究したくなった人は、様々に調べてみてください。きっと楽しいです。

（なかむら・ふみのり／作家）

＊本文庫は『芥川龍之介全集』（岩波書店）第三巻、第五巻、第八巻、第九巻（二〇〇七年）を底本としました。文庫版の読みやすさを考慮し、幅広い読者を対象として、新漢字・新かな遣いとし、難しい副詞、接続詞等はひらがなに、一般的な送りがなにあらため、他版も参照しつつルビを振りました。読者にとって難解と思われる語句には巻末に編集部による語註をつけ、略年譜を付しました。各作品の末尾に発表年月を（　）で示しました。また、作品中には今日の人権意識からみて不適切と思われる表現が含まれていますが、作品が書かれた時代背景、および著者（故人）が差別助長の意味で使用していないこと、また、文学上の業績をそのまま伝えることが重要との観点から、全て底本の表記のままとしました。

ハルキ文庫

あ 19-2

地獄変《じごくへん》

著者 芥川龍之介《あくたがわりゅうのすけ》

2012年4月18日第一刷発行

発行者 角川春樹

発行所 株式会社角川春樹事務所
〒102-0074 東京都千代田区九段南2-1-30 イタリア文化会館

電話 03(3263)5247(編集)
03(3263)5881(営業)

印刷・製本 中央精版印刷株式会社

フォーマット・デザイン 芦澤泰偉
表紙イラストレーション 門坂 流

ISBN978-4-7584-3649-6 C0193 ©2012 Printed in Japan
http://www.kadokawaharuki.co.jp/[営業]
fanmail@kadokawaharuki.co.jp[編集] ご意見・ご感想をお寄せください。

2012年の新刊（全5冊）

地獄変 芥川龍之介 **収録作品**：地獄変／藪の中／六の宮の姫君／舞踏会

走れメロス 太宰治 **収録作品**：懶惰の歌留多／富嶽百景／黄金風景／走れメロス／トカトントン

李陵・山月記 中島敦 **収録作品**：山月記／名人伝／李陵

風立ちぬ 堀辰雄 **収録作品**：風立ちぬ

注文の多い料理店 宮沢賢治 **収録作品**：注文の多い料理店／セロ弾きのゴーシュ／風の又三郎

既刊（全10冊）

蜘蛛の糸 芥川龍之介 **収録作品**：鼻／芋粥／蜘蛛の糸／杜子春／トロッコ／蜜柑／羅生門

一房の葡萄 有島武郎 **収録作品**：一房の葡萄／溺れかけた兄妹／碁石を呑んだ八っちゃん／僕の帽子のお話／火事とポチ／小さき者へ

悲しき玩具 石川啄木 **収録作品**：「一握の砂」より 我を愛する歌／悲しき玩具

家霊《かれい》 **岡本かの子** **収録作品**：老妓抄／鮨／家霊／娘

檸檬《れもん》 **梶井基次郎** **収録作品**：檸檬／城のある町にて／Kの昇天／冬の日／桜の樹の下には

銀河鉄道の夜 宮沢賢治 **収録作品**：銀河鉄道の夜／雪渡り／雨ニモマケズ

堕落論 坂口安吾 **収録作品**：堕落論／続堕落論／青春論／恋愛論

智恵子抄 高村光太郎 **収録作品**：「樹下の二人」「レモン哀歌」ほか

桜桃《おうとう》 **太宰治** **収録作品**：ヴィヨンの妻／秋風記／皮膚と心／桜桃

みだれ髪 与謝野晶子 **収録作品**：みだれ髪（全）／夏より秋へ（抄）／詩二篇「君死にたまふことなかれ」「山の動く日」

280円で名作を読もう。

一度は読んでおきたい名作を、
あなたの鞄に、ポケットに——。

280円文庫シリーズ